Le sommeil délivré

Du même auteur
aux Éditions J'ai lu

ANDRÉE
CHEDID

Le sommeil délivré

ROMAN

À Germaine Aghion

« La femme est semblable à une eau très profonde dont on ne connaît pas les remous. »

Vizir Ptahhotep « Enseignement au sujet des femmes » (Ancienne Égypte, env. 2600 avant J.-C.)

PREMIÈRE PARTIE

I

Sur la maison blanche, les reflets du soleil étaient moins aveuglants. Plus loin un bras du Nil retrouvait la souplesse de l'ombre.

Rachida sortit pour respirer la première fraîcheur et, comme chaque soir, adossée au mur blanchâtre, elle attendit le retour de son frère. Son chignon gris, ses vêtements étriqués et mornes gardaient toujours des traces de plâtre.

Son frère s'appelait Boutros. Il dirigeait l'exploitation des terres environnantes pour le compte d'un homme riche qui préférait habiter la grande ville. Trois fois l'an, l'homme, le propriétaire, venait contrôler ses rentrées d'argent. Pour ses rares visites, il s'était fait bâtir une maison de pierre. Celle-ci faisait face à la maison blanche ; ses volets restaient toujours fermés.

Boutros apparut au bout de la ruelle. Au-dessus de son visage tassé sur les épaules, sa haute calotte de feutre rouge ressemblait à un cylindre.

La double porte en bois était ouverte. Le frère et la sœur se dirent bonsoir, et le frère pénétra dans la maison.

Rachida s'était retournée. Elle le suivit des yeux tandis qu'il gravissait les premières marches en cuvette. Puis il y eut l'angle de l'escalier, et elle n'entendit plus que le bruit des pas.

La réserve de coton était au rez-de-chaussée. Rachida reconnut le grincement d'une poignée que l'on tourne. Boutros, comme chaque soir, s'assurait que tout était bien fermé.

Les bureaux se trouvaient au-dessus. Rachida reconnut le bruit que faisait la clé dans la serrure, et celui d'une porte que l'on ouvre. Elle accompagnait ainsi son frère, par la pensée. Elle le connaissait si bien.

A présent, il pénétrait dans les bureaux. Les murs et les plafonds étaient couverts d'écailles qui tombaient parfois sur l'épaule d'un comptable et s'émiettaient sur sa veste.

Les sourcils froncés, Boutros devait ouvrir les tiroirs. Il enlevait la feuille du calendrier. Il s'approchait du coffre-fort noir. Rachida voyait tout comme si elle y était. Elle voyait aussi la photo géante d'un homme avec sa calotte rouge et sa moustache bien taillée. Un homme assis et digne qui avait été à l'origine de cette belle fortune terrienne. Entre les jambes, il serrait une canne à pommeau d'or sur laquelle il avait posé les mains. Il ressemblait au propriétaire actuel, son petit-fils. Devant le portrait, Boutros s'inclinait toujours un peu.

La visite des bureaux s'achevait et les pas reprenaient dans l'escalier. Rachida les entendait qui s'attardaient sur chaque marche. Boutros allait vers les trois pièces du second étage. C'est là qu'il habitait avec Rachida et Samya, sa femme, la paralytique. Impotente malgré son jeune âge !

Il fallait que ce fût elle pour attraper une pareille maladie. Cette Samya attirait les catastrophes. Les deux jambes immobilisées. De quel péché Dieu avait-il donc voulu la punir ?

Maintenant, on n'entendait plus rien. Boutros avait dû pénétrer dans le vestibule, et Rachida se dit qu'elle avait bien le droit, à présent, d'aller se promener.

Elle marcha entre les deux maisons. Celle qu'elle venait de quitter, terne, striée de gris. Celle du propriétaire absent, fraîchement repeinte, aux larges fenêtres closes. Rachida avança dans la poussière et elle regardait ses pantoufles de feutre bleu qui laissaient paraître la pointe reprisée des bas.

La ruelle se terminait par un vaste enclos, désert à cette heure, où les fellahs battaient le blé. Elle y prenait souvent l'air avant le repas du soir. Pas ce jour-là. Un veau était né dans la nuit. Elle irait d'abord jusqu'à l'étable pour l'admirer.

Il faudrait s'acheter d'autres pantoufles, peut-être d'autres bas. Avec leurs robes aux chevilles et leurs pieds nus, les femmes de la campagne s'évitaient bien des soucis. Mais on ne pouvait pas faire comme elles. Il fallait tenir son rang, garder ses distances. Rachida y veillait. Pas comme sa belle-sœur, cette Samya sans fierté. Avant la paralysie, c'était une femme qui ne souhaitait qu'une chose : traîner dans le village, se mêler à n'importe qui. Elle prétendait qu'elle y était heureuse. Boutros avait dû se fâcher à plusieurs reprises.

C'était une fin d'après-midi comme les autres. Rachida allait vers l'étable. Elle portait, noué autour de la tête, un mouchoir triangulaire bordé de boules en peluche rouge.

C'était une fin d'après-midi comme les autres avec un soleil moins plaqué sur la terre. Il y avait le bêlement de la brebis, l'aboiement du chien, le frottement d'ailes des pigeons.

Une fin d'après-midi comme les autres. On ne pouvait rien prévoir.

Elle le dira, Rachida. Elle le dira plus tard. Les gens sont parfois si mal intentionnés. Elle saura faire taire les mauvaises langues. Elle dira tout. Elle n'a rien à cacher.

Voici : elle avait marché dans la ruelle. Elle allait à l'étable pour voir le veau qui venait de naître. Boutros, son frère, lui avait dit bonsoir comme d'habitude, avant de franchir le seuil et de monter l'escalier. Elle avait écouté les pas jusqu'à ce que leur bruit se fût étouffé derrière la porte du vestibule. Comme d'habitude. Ensuite, elle n'avait plus rien entendu.

* * *

L'étable n'était pas loin.

A l'intérieur, des piliers de bois moisis la soutenaient. Des toiles de sacs tendues entre deux piliers étaient fixées par des clous. C'était ce qui séparait les bêtes.

Zeinab, encombrée d'un enfant à califourchon sur l'épaule et d'un seau de lait, venait d'en sortir. Elle était trop chargée pour avoir aperçu Rachida. Mais qu'on interroge les autres. Le village tout entier savait que

Rachida se promenait tous les jours, à la même heure.

Qui songerait à le lui reprocher ? L'atmosphère des chambres était confinée. Il fallait qu'elle prît l'air. Elle n'était pas exigeante. Depuis son arrivée, cela faisait deux ans à présent, avait-elle jamais été jusqu'à la ville ? Elle n'avait nul besoin de distraction, elle se consacrait à son frère. Prendre l'air, c'est différent. Question de santé. Il y avait assez d'une malade à la maison.

L'étable était sombre. Mais Rachida en connaissait les recoins, et elle ne tarda pas à découvrir le veau. Il avait des pattes frêles, le poil brun, une langue énorme qu'il promenait autour de son museau. Elle se mit à le caresser. Elle lui parlait dans l'oreille. Elle lui frotta la tête contre son tablier noir.

Elle s'était attardée. Elle connaissait le nom de toutes les bêtes. Le nom de la jument, c'est elle qui l'avait trouvé. Par terre, elle ramassa deux clous, puis elle chercha un morceau de bois qui lui servît de marteau et elle les remit à l'endroit d'où ils étaient tombés. Les clous étaient tordus et rouillés, elle eut du mal à les enfoncer. Elle avait tapé, tapé. A s'en assourdir.

C'était peut-être à ce moment que la chose s'était passée.

Elle dira tout, Rachida. Tout ce qu'elle a fait depuis l'instant où Boutros a disparu derrière l'angle de l'escalier. Tout cela, et le reste.

Dans l'étable, il y avait de la paille humide qui collait aux semelles. Les mangeoires étaient presque vides, le fourrage traînait jusque dans les rigoles. Ammal, la petite fille du pâtre Abou Mansour, n'était pas encore rentrée avec ses moutons.

Cette Ammal était vraiment une fille de rien. Il suffisait de voir avec quel attendrissement elle regardait la paralytique. Elle pleurnichait chaque fois qu'elle lui montait son fromage. Elle disait qu'elle la trouvait trop bonne pour souffrir. Trop bonne !

Rachida reprit en maugréant le chemin de la maison. Sur le rebord du seuil, elle ôta ses pantoufles et les frotta pour en faire tomber la boue.

Les champs, de l'autre côté de la ruelle, s'étendaient à perte de vue. Plats, verts, coupés par des sentiers de sable noir. Les deux maisons étaient face à face, en retrait du village, qu'on apercevait, aggloméré et terreux, derrière un mince rideau d'arbres.

Rachida remit ses pantoufles, leur tissu n'avait plus de couleur. Elle entra. Elle pensa aux pantoufles qui apparaissaient sous le châle, au bout des jambes inertes :

elles étaient noires, d'un vernis luisant. A quoi cela servait-il ? Pourquoi tout à l'heure ne proposerait-elle pas un échange à la paralytique ? Mais, il fallait compter avec l'égoïsme, comme toujours. Rachida se rappela ses griefs tout en se dirigeant vers l'escalier.

Elle monta sans se hâter. Devant les portes de la réserve et des bureaux, elle s'arrêta et d'un œil attentif elle examina les poignées. C'était sa façon de seconder son frère, mais tout était en ordre, il n'oubliait jamais rien.

Si seulement elle avait su ! Si elle avait pu se douter ! Elle ne se serait pas occupée des portes, ni des poignées. Elle serait montée quatre à quatre. Elle aurait ameuté tout le village !

C'était une journée comme les autres, on ne pouvait rien prévoir.

La rampe, avec ses fleurs en fonte, n'était pas solide. Il ne fallait pas s'y appuyer. Les marches étaient incurvées, usées par les pas. L'unique lucarne avait perdu son carreau.

Au second, la porte était ouverte. Boutros savait que sa sœur ne s'attardait pas. Il avait, comme chaque soir, déposé sa canne dans la jarre de cuivre. Le portemanteau était vide, il n'enlevait sa calotte rouge qu'au moment de se mettre à table. Une tenture de velours sombre séparait le vestibule du salon où la malade se tenait pendant la journée, cette pièce servait également de salle à manger. La tenture de velours était toujours tirée car Samya grimaçait dès qu'elle apercevait un rayon de lumière.

Pourtant, par dévouement pour son frère, Rachida ne quittait jamais la maison avant le soir. Les villageoises lui apportaient les œufs, le lait, la viande, les légumes. Elles arrivaient, les bras chargés, leurs robes noires frôlaient les murs et elles riaient entre les plis de leurs voiles, rabattus parfois sur le visage.

Elles avaient les narines dilatées, un rire incertain qui tintait, des yeux mobiles, comme des souris prêtes à s'échapper pour fureter dans les coins. Plus tard, elles pourraient dire : « Il y a de nouveaux fauteuils dans la maison du Nazer[1] ! Ce soir, dans la maison du Nazer, ils mangent des courgettes farcies ! »

Quand les femmes descendaient, Rachida se remettait à l'ouvrage, elle faisait tout elle-même. Dès qu'il y avait une présence,

1. Homme de confiance qui surveille l'exploitation des terres pour le compte du propriétaire.

la malade se donnait silencieusement en spectacle.

Le vendredi était jour de prières et Boutros n'allait ni aux champs, ni aux bureaux l'après-midi. Ce jour ne le concernait pas puisqu'il était chrétien, mais il se conformait à la coutume du pays. « Je suis croyant », disait-il lorsqu'il parlait de sa propre religion, et il se vantait de ce que sa sœur Rachida n'eût jamais manqué une messe du dimanche. « Moi, reprenait-il, parfois le travail m'en empêche. Mais je suis croyant et Dieu me pardonnera. »

Toute la semaine, Rachida attendait le vendredi.

Elle préparait le repas dans deux marmites de cuivre ; et vers midi, au premier appel de Boutros, elle descendait. Ensemble, ils se dirigeaient vers les bords du canal.

Ses marmites, posées l'une sur l'autre, étaient enveloppées d'une serviette blanche dont Rachida joignait les bouts en un nœud sous lequel elle passait la main. Elles étaient lourdes et lui pesaient aux épaules. Elle soufflait, changeait de bras et hâtait le pas pour rattraper son frère. Il la devançait toujours en faisant des cercles avec sa canne de bambou. Parfois, il soulevait sa calotte rouge pour s'éponger le front d'un mouchoir aux larges ourlets.

Qu'ils étaient bien tous les deux ! Ils déjeunaient sous des saules pleureurs, les branches pendaient dans l'eau, vous protégeaient du soleil, et vous étiez enfermés dans une cage de verdure.

Boutros parlait plus que de coutume. Rachida faisait oui de la tête ; Rachida parlait et Boutros disait :

« Tu es une femme de bien ! »

« Tu es une sainte !... »

« Heureusement que je t'ai fait venir ! »

« Que serais-je devenu ? »

Qu'ils étaient bien ensemble ! La malade ne les accompagnait jamais. Une chaise roulante aurait été une dépense inutile. A quoi bon ? Ils étaient mieux ainsi, sans elle.

Mais si elle avait su ! Si Rachida avait su, si elle avait pu prévoir ! Elle ne l'aurait jamais quittée, la malade ! Elle aurait acheté la chaise, et de son propre argent ! Elle l'aurait roulée devant elle toujours, sans jamais la quitter des yeux ! Elle l'aurait traînée partout avec elle, dans la cuisine, sur le balcon. Elle aurait appelé à l'aide pour la porter sur les escaliers. Elle aurait traîné Samya en promenade, dans la ruelle, dans l'enclos, dans l'étable, sur les rives, sur les sentiers. Au risque de s'épuiser, elle l'aurait traînée toujours, partout avec elle !

Rachida, ce jour-là, avait hésité avant d'entrer dans la pièce où se trouvait sa belle-sœur. Il y avait des légumes sur le feu, étaient-ils déjà cuits ? Elle poussa la porte de la cuisine. Le Primus[1] ronflait avec une flamme bleue et dure. Elle souleva le couvercle de la casserole et plongea les pointes d'une fourchette dans les fèves. Ce n'était pas encore le moment d'éteindre.

Dans le vestibule, chaque chose était à sa place, la chaise, la jarre de cuivre, le portemanteau avec son miroir, la tenture de velours pelée par endroits. Samya demandait toujours qu'on remplaçât la tenture. Elle disait qu'elle aimait les tissus de coton, elle disait que la sensation du velours sur les mains la faisait frémir !

Rachida haussait les épaules. « Des caprices d'hystérique ! »

Des deux mains, elle empoigna le rideau de velours et l'ouvrit en son milieu. Puis elle tendit le cou, pour mieux voir dans la pénombre.

***

1. Petit réchaud.

La semelle usée des pantoufles de feutre bleu fit un bruit mat et précipité sur le plancher jusqu'aux volets qui s'ouvrirent avec fracas, jusqu'au balcon de ciment, jusqu'à la balustrade.

« Au secours ! Au secours !... Venez vite, vite ! Au secours ! »

Rachida se cramponnait à la balustrade. Elle tendait le buste en avant. Elle hurlait.

Sa jupe se soulevait sur ses mollets maigres et les reprises maladroites le long des bas de fil. Elle secouait la tête, de grosses épingles rouillées tombaient de son chignon. Du mur d'en face, sa voix lui revenait, énorme, en plein visage :

« Au secours ! »

On aurait dit que ses cris allaient l'entraîner et la faire tomber du haut des étages. Elle ne voyait plus rien. Elle tournait le dos à la chambre, à la femme. Elle regardait droit devant elle. Elle hurlait :

« On l'a tué ! On l'a tué !... Venez, venez tous. On a tué le Nazer ! »

Des noms lui traversaient la mémoire, elle les jetait dehors en désordre :

« Hussein ! Khaled ! Abou Mansour !... Au secours !... On a tué mon frère ! »

Elle ne voulait pas se retourner. Surtout pas se retourner. Derrière elle, il y avait cette femme, cette Samya, et son regard lui creusait le dos. Surtout pas se retourner avant l'arrivée des autres. Ah, qu'ils viennent ! Qu'ils arrivent tous ! Qu'ils soient partout dans la chambre ! Elle appelait, elle se centrait autour de sa voix.

« Barsoum ! Farid ! Fatma, ya Fatma ! Où êtes-vous ? On a assassiné le Nazer ! Mon frère est mort ! Au secours ! »

La voix, enfermée dans la ruelle qui séparait les deux maisons, heurtait une façade puis l'autre ; mais elle n'atteignait ni les champs, ni le village sous sa croûte de poussière. La voix se brisait contre les murs. Elle montait plus aiguë, et cherchait à franchir les distances pour s'emparer des champs et du village :

« Venez, venez tous !... » criait la voix.

La rampe de la balustrade s'imprimait dans les paumes de Rachida. Ses cheveux s'étaient défaits sur la nuque. Elle ne voulait pas se retourner, revoir le corps affalé de Boutros, rencontrer le regard de cette femme immobile.

Elle voulait tout oublier, et qu'ils viennent vite. Tout oublier, jusqu'à ce qu'ils viennent. N'être plus que ce cri !

« Au secours ! Vengez-nous ! »

***

Enfouie dans son fauteuil, la femme ne disait rien. Les volets ouverts, la lumière avait tout envahi, elle n'en avait plus l'habitude et ses yeux clignotaient. Un châle aux couleurs déteintes lui couvrait entièrement les jambes.

Rachida hurlait avec des sons étranges qui se heurtaient.

Les mains blanchâtres de la femme reposaient sur les bras du fauteuil. Ses coudes étaient levés comme si elle s'apprêtait à partir. Ses cheveux avaient des reflets sombres, un bandeau violet couvrait en partie ses oreilles. Elle portait une blouse écrue, piquée d'une épingle de nourrice avec une pierre bleue montée en broche. Un collier vert aux pierres carrées faisait un nœud lâche autour de son cou.

La tête du mort s'appuyait sur ses pieds. La femme n'en sentait pas le poids.

Rachida hurlait et se penchait. On voyait ses mollets maigres, ses bas reprisés. Pourquoi se mettait-elle dans cet état ? Elle risquait de basculer, de s'abattre du haut des étages.

Un jour, Boutros avait tué un corbeau d'un coup de carabine. Il avait aimé le voir tomber du sommet de l'arbre. Sur le sol, le corbeau était noir, sanguinolent et gris. Il s'agitait. Si Rachida tombait dans la ruelle,

elle serait noire et grise avec du sang sur sa jupe et ses cheveux défaits.

La femme était loin. Tout cela ressemblait à des histoires qu'on raconte sur le quai des gares quand on est sur le point de partir. Des histoires d'ailleurs.

Rachida criait. Elle criait. Sa voix se faisait plus rauque. Elle secouait la tête, elle regardait droit devant elle. Pas une fois elle ne se retourna.

Si Boutros avait été là, s'il n'avait pas déjà été glacé, il serait allé auprès de sa sœur. Sans hésiter, il serait allé près d'elle. Il se serait levé, il l'aurait rejointe sur le balcon et leurs épaules se seraient touchées. Ils étaient presque de la même taille. Ils se seraient penchés tous les deux, ensemble, au-dessus de la balustrade. Ils auraient appelé d'une même voix.

Au bout d'un moment, Boutros se serait retourné. Il aurait demandé à Rachida de se taire et il se serait retourné vers Samya.

Il aurait avancé de quelques pas puis, les bras croisés, il aurait regardé dans la chambre, dans le fauteuil, sous le bandeau violet. S'il n'avait pas déjà été glacé, il aurait été là, lui faisant face, sévère, implacable, hochant la tête comme pour prendre un enfant en faute.

Puis, il serait revenu sur le balcon auprès

de sa sœur. Leurs voix se seraient mêlées à nouveau.

Voilà ce qu'il aurait fait s'il avait été là, avec son visage de vivant surmonté de la calotte rouge. La calotte gisait maintenant au centre de la pièce sous les derniers rayons du soleil.

Plus tard, Boutros aurait dit :

« Avait-elle des soucis ? Elle avait tout ! C'était ma sœur qui s'épuisait. L'ai-je privée de quelque chose ? L'ai-je trompée ? Elle avait tout ! »

Voilà quelles auraient été ses paroles s'il avait pu se redresser sur ses jambes froides.

« Elle avait tout ! Un mari, une maison, la bonne nourriture ! Une femme, que peut-elle désirer de plus ? Je savais depuis longtemps qu'elle finirait mal. La religion me défendait de la répudier. A présent, je ne peux plus rien pour elle ! Emportez-la, faites-en ce que vous voudrez. »

Immobile sur son fauteuil dont le dossier montait très haut au-dessus de sa tête, la femme se serait tue. Comme aujourd'hui, comme hier, elle se serait tue.

La lumière s'infiltrait dans les coins, s'accrochait aux grains de poussière, aux immortelles entassées dans un vase de grès. Elles duraient sans eau, les immortelles,

elles faisaient un bruit de feuilles sèches lorsqu'on les frôlait au passage. Deux chaises de cuir vert n'attendaient plus personne. Autour de la calotte rouge, il y avait un cercle de soleil.

Rachida, cramponnée au balcon, criait toujours. On s'habituait à son cri.

Le miroir donnait à chaque objet arraché à sa pénombre son contour cruel et vrai. La femme ne voyait qu'eux et ne se regardait pas. Elle ne voyait pas non plus la tache rouge sur la poitrine du mort.

***

Dès l'aube, elle avait su que Boutros serait affalé ainsi, à cette place même. Ensuite, elle n'y avait plus pensé.

Cette journée, comme les autres, s'était mal détachée de ses minutes, entre l'ennui et le va-et-vient de Rachida. A peine celle-ci quittait-elle un coin de la chambre qu'on la retrouvait dans un autre coin, et ses lèvres remuaient sans cesse. Si elle disparaissait dans la pièce voisine, ses grognements passaient sous la porte. La pénombre, parce qu'elle mettait du sommeil autour de l'agitation et des choses, permettait parfois de fermer les yeux et d'oublier.

Ce fut vers les six heures que Rachida

quitta la maison pour descendre se promener. Boutros devait monter peu après. La femme se mit à l'attendre. A cause des volets clos, il faisait sombre autour d'elle, et elle se raidit dans le noir pour guetter le pas dans l'escalier.

Elle l'entendit passer le seuil et se souleva un peu pour mieux écouter. Les objets se dessinaient à peine dans cette demi-lumière. La femme n'était attentive qu'à ces pas, appliqués et lourds, et qu'elle pouvait compter marche après marche grâce à la porte entrouverte.

Le visage tendu, elle devinait les gestes de méfiance de Boutros devant la réserve et les bureaux, son tour de clé dans les serrures. Elle reconnut sa façon de traverser le dernier palier avant d'arriver au vestibule, puis le bruit métallique que fit la jarre de cuivre quand y tomba la canne.

Boutros ne s'attardait pas.

Elle sentit sur sa nuque le courant d'air et elle sut qu'il venait d'écarter la tenture de velours. Les pas étaient dans la chambre. Bientôt, Boutros serait devant elle et se baisserait pour l'embrasser.

Comme chaque soir, comme hier, comme il y avait une semaine, comme il y avait quinze ans. Il se baisserait pour l'embrasser. Cette fois, elle savait que ce serait insupportable.

Depuis l'aube, dès qu'on l'avait mise dans son fauteuil, elle tenait l'arme cachée. Le plus souvent, Boutros la portait sur lui dans la poche droite de son veston. Il disait : « Il faut être armé, on ne sait jamais... » Mais parfois, il l'oubliait dans la commode, entre ses chemises.

Samya y avait d'abord pensé comme à un objet dangereux. Puis, un soir, tandis que son mari et Rachida bavardaient sur le balcon, elle avait ouvert le tiroir, près de son lit, elle en avait sorti le revolver et l'avait déposé sur son drap. Elle l'avait tourné et retourné entre ses mains et les contours lui en étaient devenus familiers. Elle avait tâté de son doigt la gâchette. Ensuite, elle l'avait remis à sa place. Rachida et Boutros parlaient toujours sur le balcon. Ils parlaient bas pour qu'on ne les entende pas. L'arme avait été glissée entre les chemises, mais la femme ne pensait à rien encore.

Pourquoi ce jour-là précisément ? Sa nuit n'avait pas été agitée. Pourtant, c'était ce matin qu'elle avait décidé d'en finir.

Elle savait qu'elle se servirait de l'arme. Boutros tendrait les lèvres et s'inclinerait, les bras ballants. Il porterait sa calotte rouge, un peu en arrière pour dégager le front sur lequel perlaient toujours quelques gouttes de sueur.

Les lèvres approcheraient, brunes, énormes, avec de la salive aux commissures. Il s'inclinerait. On ne verrait plus que ses lèvres et la calotte écarlate. Ce serait insupportable. Il se baisserait encore.

Il ne s'était plus relevé.

Le coup était parti si près de la poitrine que le bruit en avait été étouffé.

L'homme avait perdu l'équilibre, ses bras s'étaient agités, il cherchait un appui. Il s'était penché en avant et la calotte était tombée de sa tête. Elle avait roulé comme un tuyau vide jusqu'au milieu de la chambre.

Samya avait tiré de nouveau.

L'homme semblait ivre. Il bredouillait des mots indistincts. Il titubait, puis il chancela, et, portant ses mains à son front, il tomba sur les genoux.

La femme avait desserré les doigts, l'arme glissa et fit un bruit sec sur le parquet.

Elle détourna le regard, elle voulait être loin. Elle aurait voulu abandonner son propre corps à ce qu'il venait de faire et penser à autre chose. Pour la première fois un acte s'était accompli ; il fallait s'en séparer. Plus tard, on aurait le temps d'y songer. Les autres vous y forceraient bien.

La tête de l'homme parut s'alourdir. Elle s'inclina sur la poitrine durcie qui luttait encore. Puis, comme si toutes les ficelles qui le retenaient s'étaient brisées d'un seul coup, Boutros vint s'abattre sur les jambes de la femme.

*
* *

La tête du mort ne pesait pas.

La femme respirait mieux. Son acte s'était détaché d'elle, elle ne s'en souciait plus.

Pour voir la tête du mort, il aurait fallu s'appuyer aux bras du fauteuil, se pencher en avant. Et que lui eût-elle rappelé alors ? Peut-être rien.

Elle sentait qu'à cet instant, elle aurait pu se lever. Elles lui obéiraient, ses jambes, elle le sentait. Mais où irait-elle ? Il était trop tard et rien ne recommencerait. Enfouie dans son fauteuil, elle était maintenant plus loin qu'elle ne pourrait jamais aller.

Un poids était tombé de sa poitrine, entraînant sa chambre et l'instant. Cette histoire n'était plus la sienne.

Bientôt, la maison allait résonner du retour de Rachida. Rachida passerait le seuil, on l'entendrait monter. Elle montait vite malgré ses soixante ans. Elle répétait souvent qu'elle avait des jambes solides et qu'on ne vieillit pas lorsqu'on n'a rien à se reprocher.

Comme chaque soir, de sa main aux grosses veines bleues, elle essayerait toutes les poignées. Elle regarderait autour des portes. Méfiante comme son frère. Ils avaient toutes les clés en double. Elle monterait sans s'appuyer à la rampe branlante. La porte du vestibule était entrouverte, elle la pousserait.

Rachida hésitait devant la tenture de velours, celle qu'elle refusait de changer. Elle disait que le velours « ça fait riche ! ». Elle disait que dans la maison d'en face, celle du propriétaire, tous les rideaux étaient de velours, et les fauteuils, et les canapés.

On l'entendait qui s'éloignait pour aller dans la cuisine, et le ronflement du Primus étouffait le bruit de ses pas. Elle revenait en maugréant : « Je me donne trop de mal. Personne pour m'aider. A mon âge, servir une femme qui pourrait être ma fille ! Je le fais pour Boutros, que Dieu le garde ! Que serait-il devenu sans moi ? »

Dès que Boutros était là, elle s'affairait autour de lui. Après le dîner, ils rapprochaient leurs chaises, ils chuchotaient :

« Nous parlons bas pour ne pas te fatiguer », disaient-ils.

« Dans ton état », disaient-ils encore.

Bientôt Rachida écarterait la tenture de velours, elle traverserait la pièce en courant, elle ouvrirait avec fracas les volets, elle ferait entrer la lumière. Elle se pencherait à la balustrade, elle hurlerait !

Tout cela ne comptait plus. Des bulles sur l'eau.

***

Rachida hurlait, et personne pour l'entendre !

Au village, c'était le moment où les femmes s'inquiètent autour des enfants. Elles rassemblent leurs petits, elles n'ont d'oreilles que pour eux. Elles crient pour se donner de l'importance avant l'arrivée des hommes.

« Ahmed ! viens donc, ton père va rentrer. »

« Saïd, cours chercher de l'eau. »

« Tahia ?... Où est Tahia ? »

« Amin, laisse les cailloux... tu sais que ton père veut te trouver quand il rentre. »

« Que ton âme se damne, Tahia ! L'année prochaine, tu verras, je t'enverrai aux champs. »

Elle devrait attendre, Rachida. Bientôt, sa voix ne sera plus qu'un souffle. Et la nuit venue, elle restera cramponnée à la balustrade. Seule avec Samya qui la regardera jusqu'à ce qu'elle ne soit plus qu'une ombre.

Sur le chemin du retour, les hommes se suivaient en file. Ils étaient las et ils avançaient sans se parler. Soudain, un des cris de Rachida tomba au milieu d'eux comme une pierre et plusieurs l'entendirent. Hussein, qui marchait toujours en tête, s'arrêta et dit :

« Écoutez... On appelle au secours.

— Encore une dispute de femmes ! » dit Khaled en haussant les épaules. Ses deux épouses l'avaient habitué aux cris.

La voix de Rachida continuait à monter solitaire, on aurait pu croire un chien qui sent peser la lune.

« Il se passe quelque chose », reprit Hussein.

Les autres se mirent à écouter. Ils commençaient à oublier leur fatigue.

« Allons voir, dit l'un d'eux.

— Oui, il se passe quelque chose », reprit Hussein.

Il se mit à courir, et les autres le suivaient. Ils couraient tous maintenant. S'ils apercevaient de loin un homme dans les champs, ils lui criaient de se joindre à eux ou d'aller prévenir le village.

Dès que les femmes apprirent qu'on appelait au secours, elles abandonnèrent tout, elles aussi. Nefissa, qui était trop vieille pour les suivre, mais qui lisait l'avenir dans le sable, répétait :

« Je le savais... Je savais que cette journée avait le goût du malheur ! »

Les femmes avec leurs enfants abandonnaient le village à Nefissa, aux nouveau-nés et à leurs pleurs. Les hommes couraient sur le chemin. Ils arrivaient de partout. Des masures, des bords de l'eau, des rizières, du cimetière, des champs de coton, du jardin, de la mosquée.

Rachida les voyait arriver. Toujours penchée à la balustrade, elle ne savait plus ce qu'elle criait.

Ils se rejoignirent tous entre les deux maisons. La ruelle était étroite, et les robes se frottaient aux murs. Une colère sourde, qu'ils ne s'expliquaient pas encore, cognait dans leur poitrine. Ils étaient tous ensemble, ils formaient un seul corps, et l'on entendait leurs cris.

La chambre chavirait au-dessus de ces voix. On aurait dit une barque.

***

Le passé déferlerait avec ses images et viendrait tout envahir.

Les voix se collaient aux murs comme les mailles d'un filet. Ammal qui avait abandonné son troupeau, était pressée dans la foule. Elle était petite pour ses treize ans ; elle portait la robe jaune que Samya lui avait faite.

Pourquoi cette agitation ? Ammal s'inquiétait. « Qu'est-il arrivé à Sit[1] Samya ? » se demandait-elle.

Elle jouait des coudes, elle voulait monter la première.

La vieille Om el Kher suivait la foule. Quelque chose s'était passé, quelque chose était arrivé à Sit Samya. Troublée, elle voulait monter, mais ne pas se poser de questions.

Plus loin, adossé à un arbre, l'aveugle aussi se tourmentait. « Qu'est-il arrivé à Sit Samya, pensait-il. Pourquoi Sit Rachida hurlait-elle ? On ne comprenait rien à ce qu'elle disait. »

Ils s'engouffraient tous maintenant dans la maison, tandis que Rachida se penchait sur la balustrade pour mieux les voir entrer. Elle les entendait dans l'escalier, ils montaient en se bousculant.

1. La dame.

Lorsqu'ils seront partout dans la chambre, Rachida pourra s'affaisser. « Si j'avais su !... Si j'avais su !... répétera-t-elle. J'aurais abandonné ma promenade, j'aurais laissé le veau, j'aurais laissé les poignées ! »

Les marches étaient étroites. Les hommes et les femmes se heurtaient, se poussaient.

Ammal avançait, les mains sur la poitrine. « Pourvu qu'il ne soit rien arrivé à Sit Samya », murmurait-elle. Elle jouait des coudes. Elle voulait être là avant les autres. Sauver Sit Samya. Mais la sauver de quoi ?

La rumeur devenait distincte et brutale. Peut-être oublieront-ils que la rampe n'est pas solide ? Peut-être tomberont-ils dans la cage de l'escalier ? Peut-être qu'il n'y aura plus d'escalier, que Rachida se lassera et qu'on pourra dormir.

Mais s'ils parviennent jusqu'à la chambre, on mettra le passé comme une cloison étanche entre eux et sa propre vie. On appellera le passé pour qu'il dévale comme les paysages qui se poursuivent aux vitres des trains. Ce passé, il faudrait le retrouver, se mettre derrière lui. Qu'il semblait loin tout d'un coup !

« Un jour, j'ai été une enfant, un jour... Mais je ne me souviens pas... Où est mon enfance ? Et le visage de ma mère, où donc est-il ? Je ne vois rien. Je suis dans un couloir très sombre et je ne vois rien... Mais plus tard. Oui, je me souviens... je me souviens de certains soirs... »

II

Ces dimanches soir !

La voiture roulait dans la ville avec ses vitres relevées, son capot étroit et laqué. A l'intérieur, ses boiseries et son cuir sombre. La maison, le jardin, les visages familiers étaient loin derrière nous. La voiture roulait entre les magasins, les réverbères, les trottoirs. On débouchait soudain sur la place écrasée par la gare brune avec, au centre, la masse de l'horloge, dont les heures noyées de vacarme sonnaient inutilement.

Ali racontait que de l'intérieur de la gare les trains partaient vers tous les pays. Peut-être des pays sans école. Je n'avais jamais pris le train, je n'étais jamais allée nulle part. Cela aussi n'était peut-être que pour les grands !

Ali, sanglé dans son veston bleu marine

lustré, conduisait à toute allure. Il fallait se retourner brusquement, regarder à travers la vitre arrière pour apercevoir encore la gare avec ses voyageurs pressés, ses portefaix vêtus de longues robes bleues et chargés de bagages. Devant les trottoirs, l'encombrement de bicyclettes, les autos, les charrettes et leurs ânes.

Ali conduisait si vite ! J'avais à peine le temps de regarder les affiches, il fallait deviner le nom des rues et reconnaître la boutique du marchand de graines et d'épices devant laquelle, il y avait près d'un an, était arrivé l'accident. Ali, il y a un an, était monté sur le trottoir après avoir heurté l'autobus.

« Ces gens-là, on devrait les enfermer ! Tous des fils de bâtards ! » avait-il crié.

Le marchand de graines et d'épices s'était avancé jusqu'au seuil de sa boutique, son tablier amidonné ficelé autour de son ventre. Ses lèvres tremblaient d'émotion, mais sa corpulence et sa calotte sur le côté lui donnaient une face épanouie. Il m'avait aidée à descendre de voiture.

« Tu l'as échappé ! Tu l'as échappé belle ! » disait-il, et il me soutenait par le coude pour me faire entrer dans sa boutique. Il m'avait installée dans un coin sur sa chaise cannée, et je me rappelais longtemps l'eau et l'anis dans un verre aux reflets bleus. J'avais bu sans grimace, tandis qu'il me regardait, attendri.

Dans la rue, Ali avait examiné les pneus et le moteur. Mon frère Antoun, qui me raccompagnait toujours au pensionnat le dimanche soir, avait bondi hors de la voiture, lui aussi. Je l'entendais qui discutait, mi-fraternel, mi-menaçant, avec une foule déjà attroupée.

Le marchand de graines debout devant moi m'avait regardée longuement. Il imaginait l'accident tel qu'il aurait pu avoir lieu, et par moments, il claquait la langue contre son palais et tapait ses paumes l'une contre l'autre, puis il levait les yeux au ciel, comme s'il me voyait morte.

« Tu l'as échappé belle ! » répétait-il.

Quand la voiture avait été en état de repartir, le marchand avait refusé d'être payé. Il faisait « non », « non » de la tête et jusqu'au dernier moment il avait renouvelé ses vœux et ses conseils de prudence.

A partir de ce jour, je tâchais de l'apercevoir devant sa porte pour lui faire un signe d'amitié. Je ne pouvais oublier sa gentillesse et son visage attentif. Mais Ali était toujours pressé. Les portes du pensionnat s'ouvraient à sept heures. Ali avait le sens de mon exactitude. Il roulait...

Ces dimanches soir !

L'hiver surtout, quand la nuit tombait vite, et les images de la ville se défiguraient sur le capot vernis.

Mon frère Antoun m'accompagnait. Il s'imposait cela par devoir. A seize ans, ses aînés pouvaient compter sur lui. Assis près de moi sur le siège arrière, il fouillait parfois dans ses poches pour en sortir des coupures de journaux sur lesquelles s'inscrivaient des valeurs en Bourse. Derrière ses lunettes cerclées d'or, il les consultait avec gravité. Souvent, il s'assoupissait, l'air digne, tirant les années à lui pour ressembler à l'homme qu'il serait.

Il faisait froid près de mon frère.

La voiture roulait. Je regardais les maisons. Elles défilaient à une cadence vertigineuse avec leurs balcons surpeuplés, des grappes de couleur bourgeonnant sur les murs. Le bord des trottoirs, on aurait dit un cordon gris et dur, brutalement coupé par une ruelle. Ali, d'un brusque coup de frein, s'arrêtait devant la grille.

Le pensionnat était là.

La flamme terreuse de l'unique réverbère se réfléchissait sur la joue noire et balafrée d'Ali. Mon frère, réveillé en sursaut de sa torpeur, m'embrassait. Mon aîné de deux ans, il s'obligeait à quelques recommandations avant de me glisser entre les mains un cornet de bonbons ou de cacahuètes qu'il tenait toujours caché jusqu'au dernier moment. Les cacahuètes étaient défendues, il ne s'en souvenait jamais. Il fallait inventer mille astuces pour se débarrasser ensuite des écorces. Ali souriait de ses dents blanches, comme pour dire : « On reviendra te chercher dimanche prochain ! »

La grille était haute, je ne voyais plus qu'elle. Le bras gauche encombré du cartable, la main droite autour du cornet de bonbons, je soulevais la poignée avec le coude et poussais ensuite la porte de l'épaule. Elle cédait sans effort, mais se refermait aussitôt derrière moi, avec un bruit métallique. Où étaient mon frère, la joue luisante d'Ali, la voiture ?

J'évitais de regarder la façade sombre et pesante comme les vêtements informes des veuves. Je traînais dans le jardin, j'écrasais les graviers sous mes pieds, ils faisaient un bruit de plage. J'aurais voulu rebrousser chemin, courir, courir, ouvrir la porte, prendre la rue et fuir. Pour aller où ?

J'entendais la grille s'ouvrir, se refermer. Des pas étaient autour de moi, qui se hâtaient. Comment traîner encore ? Je m'arrêtais sur chaque marche. Je me dressais sur la pointe des pieds pour apercevoir une dernière fois la ville.

Mes épaules m'étouffaient. Je les sentais dures et rabougries. Il fallait franchir le seuil. La sœur de la concierge me faisait un signe de tête au passage. Je m'engouffrais dans le couloir où vivaient les murmures étouffés et le silence.

Il me venait parfois l'idée de me laisser tomber à terre et de ne plus bouger. Peut-être que les choses aussi s'arrêteraient. Mais j'avais l'habitude de suivre mes pas et je marchais jusqu'au vestiaire.

Mon béret et mon manteau trop juste allaient rester toute une semaine sous l'étiquette rose qui portait mon nom, un vrai modèle d'écriture !

Ma jupe avait la longueur réglementaire. A la maison, Zariffa avait passé la journée à découdre, à recoudre l'ourlet. A cause de ses mauvais yeux, elle m'appelait pour que j'enfile l'aiguille. Puis, elle m'avait mise à genoux, pour voir si la jupe touchait bien le sol. Ma jupe tombait droit, je sentais à chaque pas son lainage raide. Mes bas noirs faisaient des plis autour de mes jambes. Sous mon corsage, l'hiver, je pouvais mettre plusieurs tricots. Les manches me serraient les poignets et mes doigts tachés d'encre me semblaient trop longs.

Les placards grinçaient en se refermant. Une voix lisait l'appel :

« Trente-huit... Cinquante-quatre... Cent vingt-deux...

— Présente... Présente... Présente. »

C'était comme une complainte.

« Cinquante-six... Soixante-huit... Cent vingt...

— Présente... Présente... Présente. »

Si pratique pour la comptabilité, pour marquer le linge, pour gagner du temps. Que fait-on du temps qu'on gagne ?

L'ampoule versait une lumière étroite qui brouillait dans son cadre le visage de la Sainte. La lumière se reflétait sur le vernis des placards, jouait autour des rainures de bois pour en faire des têtes de monstres. Comme ces fleurs qui s'ouvrent aux heures chaudes, les souvenirs de la maison s'épanouissaient.

« Quatorze... Trente-quatre... »

C'était mon tour :

« Présente... »

Je revoyais le soleil sur les tapis, je sentais l'odeur du repas et la voix de Zariffa : « Va te changer, ton père sera bientôt de retour ! »

« Vite, vite... Allez chercher vos voiles, vous serez en retard », disaient les surveillantes.

Elles s'agitaient, grondaient, et ce bruit cassant de leur claquette « clic-clac ».

« Vite, vite... Prenez vos voiles. N'oubliez pas vos rosaires. Dépêchez-vous. Eh bien ! dépêchez-vous, en rang pour la chapelle. Et en silence. »

Dans la salle d'étude, les pupitres entre-bâillés laissaient voir les cahiers, les livres, le voile noir, les gants de coton blanc. Quelques-unes tentaient de se regarder dans un bout de miroir dissimulé entre les paperasses. Je n'avais aucune envie de me regarder. Le voile pendait de chaque côté de mon visage, il m'emprisonnait. Les gants de coton m'isolaient de tout, même de ce rosaire dont j'aimais le grain de bois mal taillé.

« Vite, vite... En rang et en silence... Les retardataires sont toujours les mêmes ! »

Joséphine courait pour reprendre sa place et elle pouffait de rire. En moi, tout se fixait. Ce voile, ces bas noirs, ces murs. Rien ne se dissipait d'un haussement d'épaule. J'étouffais. J'aurais voulu me battre. Pourtant, j'avais une peur étrange. Alors, je suivais mes pas, j'avançais, je répondais à l'appel, je restais dans les rangs, j'obéissais aux consignes.

« Clic-clac. » Ma jupe me battait les mollets, les rangs se serraient. Il n'y avait pas de place pour mon ombre.

« Clic-clac. » J'avançais. Je n'entendais plus que ce bruit et celui de nos pas. Ils résonnaient sur les grandes dalles de pierre.

Au cimetière de la vieille ville où la poussière s'était endormie, ma mère était couchée sous une dalle. On disait qu'elle avait été belle. Je regardais souvent ses photographies, elle paraissait si lointaine. On est peut-être mieux sous une dalle.

Une fois l'an, j'allais déposer des fleurs sur la tombe. Mon père se tenait près de moi. Il se penchait, la main sur mon épaule, et il murmurait à mon oreille : « Pour une fille, c'est une perte ! »

Nous avancions en file étroite. Les murs montaient, ils ne s'arrêteraient jamais de monter. Les adultes enviaient notre jeunesse.

***

Chaque fois la chapelle m'apparaissait blanche, haute comme l'espace.

« Clic-clac. » Il fallait mettre un genou à terre, se signer, se relever, entrer dans les bancs, s'agenouiller, se recueillir, et les prières s'élevaient de toutes les bouches en même temps. Elles ne m'étaient rien, avec leurs mots usés qu'on ne cherchait plus.

Je serrais les lèvres pour qu'ils ne passent pas, ces mots. Je mettais mon visage à l'abri de mes mains. Je me grisais d'autres mots, de mots à moi que je sentais et sur lesquels j'aurais trébuché si j'avais eu à les dire. Je pressais mes paupières, je voyais un monde, un autre monde, celui de l'envers de mes yeux. Avec ses lueurs roses, ses boules qui tournent, ses rosaces trouées, ses pétales, ses plumes d'oiseaux.

Après les prières, c'étaient les chants. Il y en avait de différents pour chaque jour de la semaine. La mélodie s'insinuait dans mes oreilles et me distrayait. Je regardais les statues et leurs visages de poupée dépourvus de rides, cette marque du passage sur la terre. Le mouton de saint Jean avait perdu une patte. Les fleurs de sainte Thérèse s'affadissaient. La clé de saint Pierre n'avait plus que trois dents. Des lis artificiels se raidissaient dans des vases en forme de flûtes.

Le tabernacle était si loin, au bout du monde, sa porte dorée fermée à double tour.

Sous le vitrail jaune, la vieille qui s'occupait des lavabos se tenait à genoux, serrée comme un poing. Avant d'entrer dans la chapelle, elle ôtait son tablier noir. Sa robe grise se détachait sur les bancs fraîchement cirés. Sa coiffe lui enserrait tellement le visage qu'elle le plissait et le faisait ressembler à une pomme tombée. La vieille était dure d'oreille et pour répéter ses prières, elle tendait les lèvres avec application. Je savais que ses yeux étaient d'un bleu vif, mais parce qu'elle ne cessait de coudre des chemises pour les enfants qui n'en avaient pas, elle commençait à ne plus voir.

« Des enfants qui ont froid, je ne peux pas le supporter, m'avait-elle dit un jour. C'est indigne de notre Père ! » Puis elle s'était signée trois fois pour effacer le blasphème.

Ses larges poches étaient remplies des vêtements qui débordaient et qui gonflaient sa robe. Chaque fois qu'elle le pouvait, elle en tirait un au hasard pour y ajouter quelques points. Je regardais souvent ses gros doigts ridés ; sur l'un d'eux, l'anneau s'était incrusté dans un sillon de chair.

Parfois, l'envie me prenait de quitter mes compagnes aux paroles blanchies par l'habitude et de m'en aller seule dans l'allée centrale recouverte du tapis rouge. J'aurais rejoint la vieille sœur. Peut-être à ses côtés aurais-je trouvé les mots à dire. Ou bien, j'aurais tiré de sa poche un morceau de tissu froissé, je me serais mise à coudre, en dépit de ma maladresse, et je me serais sentie moins inutile, le cœur plus chaud.

« Clic-clac. » Les chants s'arrêtaient nets, ravalés par les deux petites mâchoires de bois.

« Clic-clac... » Il fallait sortir des bancs, mettre un genou à terre, partir en rangs serrés. Près du bénitier, je me signais du bout de mes gants mouillés : « Au nom du Père... » Je me retournais une dernière fois, la vieille était toujours là. Elle secouait la tête, elle grondait tout bas, cela faisait rire mes compagnes. Elle devait répéter : « Père, Père... Il y a trop d'enfants qui souffrent ! Que faites-vous ? »

J'aurais voulu qu'elle se souvînt de moi dans ses prières. Moi, qu'une chemise protégeait du froid, mais pas de moi-même. J'étais une « fille de famille » aux mains trop fragiles pour se battre. J'aurais voulu lui jeter mon image et qu'elle l'acceptât pour la mêler à celle des autres enfants, et sa voix monterait pour nous toutes jusqu'à ce Dieu muet.

Dans la chapelle haute, la vieille petite sœur était agrippée à sa prière. Je la laissais pour retrouver le couloir, éternellement le même.

Mon rosaire m'entourait le poignet. Devant moi, je regardais le voile d'Aïda qui lui pendait jusqu'à la taille. Elle semblait prise dans un filet.

Un jour, j'avais vu un poisson se débattre. Il avait fait un trou dans le filet et s'était échappé en laissant beaucoup d'écailles. Mon frère l'avait injurié. Il s'était penché au-dessus de l'eau et lui avait lancé des injures. Près de lui, je tenais mes bras croisés, mes mains serrées sous mes aisselles, pour ne pas applaudir.

Sept longs jours. Dimanche soir, lundi, mardi, mercredi ; j'y pénétrais comme dans un tunnel. Jeudi, avec la visite au parloir.

Mon frère Antoun était toujours là, il avait le sens de la famille. J'étais assise en face de lui, sur la chaise, mon frère sur le fauteuil réservé aux visiteurs. Je portais mes gants blancs, ils faisaient partie du maintien.

Nous nous regardions, Antoun et moi, nous n'avions rien à nous dire. Il étrennait un costume rayé et prenait soin, en s'asseyant, de relever, aux genoux, son pantalon.

Nous nous regardions, nous regardions les autres. Joséphine portait deux rubans de satin enroulés entre ses nattes. Aïda croquait des bonbons. Elle en avait toujours plein les poches ; ils finissaient par engluer l'intérieur. Pour les nettoyer, ses poches, elle les retournait entièrement et faisait sauter le sucre durci avec le bout d'une plume encrassée ; ce jeu l'amusait durant les heures lentes de l'étude du soir. Leila ressemblait à sa mère. Toutes deux avaient le même regard triste et se pressaient l'une contre l'autre. Leurs yeux se fixaient sur la pendule avec inquiétude. Mon frère regardait l'heure lui aussi, il trouvait toujours une raison pour partir avant la fin.

Vendredi, samedi, dimanche souligné d'un trait rouge dans mon calendrier.

Tout cela remuait dans ma tête pendant le repas autour des tables et, plus tard, dans le dortoir entre les rideaux blancs qui entouraient nos lits.

Leila pleurait au creux de l'oreiller.

« Chut !... » disait une voix.

Mes larmes n'étaient pas faites d'une eau qui coule, mais de petits grains qui se fixaient sur les parois de ma gorge. Leila savait pourquoi elle pleurait.

Pourquoi aurais-je versé des larmes ? Pour ma mère, mon absente au visage étroit ? Sur la photographie, elle gardait les yeux baissés. Pourquoi aurais-je pleuré ? Parce qu'il y avait des murs entre la vie, entre les êtres ? Parce que je me sentais étreinte et que je ne savais pourquoi ?

Parfois le sommeil me prenait d'un trait. C'était la plongée dans le noir. Il s'abattait sur moi, il me précipitait dans l'oubli. Et ce réveil brutal lorsque l'horrible coup de cloche du matin me tombait dans l'oreille comme une goutte glacée !

D'autres fois, j'attendais le sommeil. Je le guettais. Quand je le savais proche, je voulais le savourer. J'aimais le sentir monter le long de mes jambes, de ma poitrine, de mes bras. J'aimais qu'il emmêlât les rideaux, les visages, la maison et ma peine qui n'avait plus de sens. Ma peine tournoyait avec le reste et dansait à pas étouffés. Alors, les sanglots de Leila perdaient leur sens et je ne comprenais plus le besoin des larmes.

Mes pensées s'effilaient. Elles devenaient une phrase, le seul lien qui vous retient à la vie. J'épiais, je guettais encore, je voulais rester présente et retarder l'instant où je ne serais plus.

Le matin, mon sommeil me quittait par lambeaux. Il se décollait lentement comme d'une blessure. Les volets s'entrouvraient. Les pas glissaient sur la pierre blanche. Mon sommeil s'habituait à me quitter.

La première, Joséphine bondissait hors de son lit. J'entendais le bruit de l'eau qu'elle versait dans sa cuvette, puis le joyeux soupir qu'elle poussait en retournant son matelas. Elle sortait du sommeil comme si elle n'y était jamais entrée. Elle nattait ses cheveux, rangeait ses objets. En cachette, elle m'aidait à border mes couvertures.

Elle était gaie, Joséphine ! Elle passait à côté de tout.

*
* *

A travers les vitres étroites de la salle de classe on voyait mal les arbres. L'hiver devenait l'été sans qu'on pût le surprendre. Les livres seuls parlaient des saisons !

Soad, avec ses cheveux en fil de fer et ses taches de rousseur, inscrivait des chiffres au tableau noir. Ses cahiers de mathématiques faisaient notre admiration. Elle possédait une collection de crayons de couleurs pour enjoliver ses pages de traits nets et elle maniait sa règle avec adresse. Elle dessinait ses chiffres.

La maîtresse, levant son ongle immaculé, disait que j'avais trop d'imagination. Mon père le disait aussi. Il affirmait que cela ne menait à rien. Mes frères se moquaient de mon ignorance en calcul et ils riaient de mes rédactions : « Ha !... ha !... ha !... Des arbres nus comme des bras !...

— Bientôt, il faudra songer à te marier », disait mon père.

Il s'en inquiétait bien plus que de mes études. Une fille, quel problème ! Encore heureux de n'en avoir qu'une seule ! Il était tranquille de me savoir ici où on m'inculquait des principes, et je serais plus facile à caser. Mais l'instruction ? Il estimait déjà que j'en savais trop.

« Tant que tu pourras rédiger une lettre à ton vieux père pour lui annoncer la naissance d'un garçon, cela suffira », disait-il.

Toutes ces naissances, tous ces garçons qu'on m'a souhaités avant que je n'aie eu le temps de les souhaiter moi-même ! Je sortais à peine de cette enfance que l'on s'acharnait à me voler. Pauvre enfance étouffée, qui s'en allait de moi avec des cheveux de morte. Mon enfance défigurée, prise entre des couloirs qui n'aboutissent pas, des portes qui n'ouvrent pas, et cette pensée qui me rongeait : « Il y a la vie... Elle existe la vie ! Elle avance, c'est un grand fleuve... Si tu écartes les roseaux jaunis, tu pourras l'apercevoir. »

« Où il y a des roseaux, si on s'approche trop des berges, c'est dangereux », disait la voix de mon père lorsque nous nous promenions. « C'est dangereux. On glisse, on tombe, on se noie ! »

Soad inscrivait des chiffres au tableau noir. Aïda s'occupait de ses cheveux en cachette, ses gestes étaient adroits. Les verres doubles de la maîtresse ne l'aidaient pas à voir plus clair. Joséphine, pour ressembler à un démon, s'était fabriqué un masque en papier violet ; elle ne faisait peur à personne.

Bientôt on me marierait. J'aurais des enfants. Il fallait en avoir au plus vite. J'y repensais en pénétrant dans l'eau claire du bain.

Un bain une fois par semaine. Pour entrer dans la cabine, je mettais, conformément aux règlements, une chemise blanche qui me serrait le cou et descendait jusqu'aux chevilles. Seuls mes bras étaient nus. Il était recommandé de se laver à travers la chemise pour éviter les mauvaises pensées. J'avais demandé à Soad, qui avait réponse à tout, ce que cela voulait dire. Elle m'avait donné des explications si embrouillées, que j'avais ri de sa confusion.

Je frottais pour que le savon pénétrât jusqu'à ma peau. L'eau verte faisait gonfler la chemise.

***

La cour avait des arbres en quinconce. La balle sifflait à mon oreille, je n'avais jamais le temps de l'attraper. Joséphine tendait les mains et la balle s'y blottissait avec un claquement sec.

Chaque fil de ma robe me pesait sur le corps. Je voulais m'éloigner, être seule, loin des autres. J'allais du côté des pelouses pour chercher des yeux Amin, le jardinier.

Il portait toujours sur le dos, comme une dépouille de serpent, son tuyau d'arrosage. Il marchait, penché en deux, sa calotte plate, brodée de fil de soie, cachait son crâne chauve. Il ne fallait pas trop s'approcher, Amin était jaloux de ses fleurs. Il se courbait au-dessus d'elles et leur parlait de cette voix que l'on réserve aux enfants. Il leur disait de pousser plus vite. « La saison est bien avancée », disait-il.

S'il apercevait une mauvaise herbe, il déposait le tuyau par terre tout en le surveillant du coin de l'œil, comme s'il craignait qu'il ne s'échappât. Lorsqu'il devait s'éloigner, il le suspendait par un anneau à la serre la plus proche, on aurait dit une bête prise au collet. Puis il poussait devant lui sa brouette ; les pots de terre se heurtaient avec un son mat.

« Out ! » criait une voix.

La balle saisie au vol soulevait des cris

d'enthousiasme. Il fallait s'éloigner encore pour qu'elle ne vous atteignît pas.

J'aimais regarder Amin. J'aurais aimé entendre de plus près le son mat des pots qui se heurtent. J'aurais aimé l'aider à racler le sable dans les allées, à pousser les brouettes, à faire jaillir l'eau sur les sentiers, sur le gazon qui pâlissait par endroits, sur les cailloux, sur les murs gavés de soleil. J'aurais aimé sentir l'eau sur mes mains.

Amin transpirait, sa robe collait à sa peau. De larges raies remplies de terre marquaient la plante de ses pieds. Il était heureux.

La cloche sonnait. Les joues de Joséphine étaient rouges de sa victoire.

« J'ai fait cinq "out" », criait-elle.

Pour avoir enfreint la règle du silence, on la faisait sortir du rang. Le sourire s'effaçait de ses lèvres, mais il demeurait en moi. Sans me retourner, j'emportais sa punition, et elle me faisait mal.

Les jours de fête Amin prêtait ses fleurs. Son tuyau d'arrosage avait un air menaçant et crachotait à ses pieds.

Si on venait trop près d'Amin, il agitait les mains pour que nous reculions. Plutôt que de nous laisser pénétrer dans les serres, il refaisait le chemin vingt fois, les bras chargés de pots. Il disait qu'il craignait pour ses fleurs et que si nous étions trop nombreuses, elles suffoqueraient. Il disait que les fêtes, c'était bien, mais que ce n'étaient pas leurs fêtes à elles, pauvres fleurs ! Il nous harcelait de ses recommandations et nous poursuivait sur ses jambes osseuses jusqu'aux marches du grand escalier.

Les fleurs d'Amin n'étaient pas faites pour orner les couloirs que nous allions parcourir en procession, vêtues de blanc des pieds à la tête, un cierge à la main, dont la cire chaude tacherait nos gants. Elles se faneraient comme nous dans cette odeur d'encens et de bougie.

Les statues étaient parées. Les surveillantes ressemblaient à des oiseaux noirs et leurs larges vêtements bruissaient comme des feuilles. Elles étaient partout à la fois. On aurait dit qu'elles portaient des ailes en guise de chaussures. Une musique céleste se répandait d'étage en étage. Joséphine avait son visage de fête. Moi, je rêvais que je suivais mon propre enterrement.

Je me voyais étendue, étroite dans ma robe claire. Étendue, étroite et belle dans ma mort. Je portais des gants blancs (Zariffa les avait lavés à la hâte). Mes cheveux étaient huilés et leurs reflets paraissaient plus noirs. J'étais étroite et blanche dans mon cercueil. Une journée entière avait été consacrée aux larmes que l'on versait à cause de moi. Les épaules de Leila tremblaient. Joséphine mordillait nerveusement la médaille en vermeil qui pendait à son cou. Aïda frottait l'une contre l'autre ses bottines neuves. Soad répétait mon nom. Les religieuses, d'une voix monotone, débitaient leurs « Ave ». Amin était entré dans la chambre avec un pot de fleurs, des azalées, qu'il avait déposées au pied de mon lit. La voix de mon père devenait douce. Il traçait sur mes mains jointes le signe de croix. Mes frères, l'un après l'autre, m'embrassaient sur le front. Au coin de leurs lèvres, je sentais des larmes. C'était ma journée !

On m'aurait aimée ce jour-là ! Alors j'oubliais celui-ci avec ses hymnes affadis, son odeur d'encens, la vue des fleurs qui s'alourdissaient, la pensée d'Amin, qui, ces nuits-là, ne devait pas dormir.

L'autre fête, celle de la ville, passait deux fois l'an sous nos fenêtres.

Des charrettes, traînées par des ânons aux colliers bleus qui chassent le mauvais œil, étaient chargées de fillettes dans leurs robes bariolées, jaunes, vertes ou roses (de ce rose sucré des boules de friandise). Leurs couleurs se mêlaient aux vêtements noirs des femmes. La plus âgée d'entre elles chantait, en tenant comme un écran sa main devant la bouche. Toutes reprenaient en chœur, rythmant la mélodie avec des claquements de mains, et parfois elles ramenaient sur le front leur voile qui glissait.

Les roues grinçaient, les ânons avançaient péniblement.

Les garçons se frayaient un passage entre les robes pour essayer de grignoter les provisions de fève, de poisson salé, d'oignon vert. J'aurais voulu arrêter le temps autour de leur joie bruyante. Mais le tournant de la rue les avalait, l'un après l'autre, et les déversait plus loin devant les grands jardins où ils iraient s'asseoir pour chanter, pour rire et pour manger.

De l'intérieur, une voix m'appelait. Il ne fallait pas se pencher aux fenêtres.

Parfois, l'une d'entre nous disparaissait avant la fin de l'année. Son départ était entouré de mystère. Peu après, nous apprenions qu'elle était mariée. Elle revenait ensuite déposer un immense bouquet à la chapelle, en compagnie de son mari.

Il m'arrivait de songer au mariage, au vrai mariage; dans cette rencontre de deux êtres, la solitude devait se briser. Je rêvais à ce mariage qui était l'amour. Le mot lui-même avait la rondeur du fruit; il en avait la douceur et la sève. En y pensant, j'évoquais des soirs d'été; on plonge ses dents dans une pêche juteuse, et soudain cesse la soif.

J'avais aperçu Sarah lorsqu'elle s'apprêtait à repartir:

« Je te cherchais », dit-elle.

Nous avions été sur les mêmes bancs, je la reconnaissais à peine. De hauts talons. Perdue dans ses fourrures. Elle froissait dans ses mains des gants de daim marron. Un solitaire à son doigt jetait son éclat. Je ne la reconnaissais pas. Elle était vieille et laide avec ces parures.

Son mari portait aussi une bague, un brillant cerclé d'or. On sentait, à le voir, l'importance de son compte en banque. Il était petit et gras et son crâne luisait déjà.

J'aurais voulu battre Sarah, et dans un même temps, j'aurais voulu la serrer contre moi pour chasser d'elle ce cauchemar.

« Il faudra que tu viennes chez moi, disait Sarah. Je te montrerai mon trousseau. »

J'avais honte d'elle et de son renoncement. J'avais honte de sa jeunesse qui ne demandait rien de plus à la vie. Je la détestais, mais dans le même instant je la sentais si démunie, que j'aurais voulu la prendre contre moi, lui souffler dans la bouche pour lui redonner vie et chasser la cendre.

Sarah riait :

« Vous viendrez toutes chez moi », disait-elle. Et elle parlait de sa maison immense, de ses cinq domestiques. « Je vous montrerai tout. » Elle inviterait toutes celles de la classe. « Il faut le leur dire, Samya. Un dimanche, je vous enverrai chercher, avec mon chauffeur. »

Non, non, cela ne m'arrivera jamais. Moi, je saurai dire non. Saisir ma vie. Quand je partirai d'ici, je saisirai ma vie. C'est sûr.

Mais soudain la voix de mon père montait en moi. Multiple, puis unique, résonnante. Elle se gonflait, elle était partout dans la maison.

« Tu l'épouseras !... disait la voix de mon père. Tu épouseras cet homme, sinon je m'en mêlerai et on verra ! »

III

Le réveil du dimanche vous mettait jusqu'à la pointe de la langue ce goût d'espoir.

Les souvenirs avaient beau vous assaillir avec leurs déceptions, au bout d'une semaine d'attente, on se remettait à croire, ces matins-là. Je brossais ma robe, je soignais ma coiffure. Les heures prenaient un sens. Elles rapprochaient du départ.

Ali attendait devant la grille. On apercevait son profil noir, ses traits fins, sa calotte rouge très droite sur le front. Il était le plus souvent seul, mais parfois, il se faisait accompagner par son fils, vêtu, malgré ses dix ans, d'une culotte longue. Le fils était plus noir que le père, les mêmes balafres couvraient ses joues, trois de chaque côté. C'était lui qui ouvrait les portes et descendait devant le poste d'essence, tandis qu'Ali, le coude sur la portière, discutait du temps et de la politique. Il avait sur tout les vues de mon père, qu'il n'avait pas quitté un seul jour pendant plus de quinze ans.

Le dimanche, vers midi, nous retraversions la ville dans le sens opposé.

La voiture dépassait les réverbères, dépassait les boutiques, dépassait les charrettes qui traînaient comme si le temps n'existait pas. Les arbres, les trottoirs s'effaçaient. Rien ne résistait à cette course. La fumée montait de la gare, se mêlait à la fumée des usines, disparaissait au-dessus des toits.

Le dos d'Ali était immuable, pas un muscle de son cou ne bougeait. La voiture glissait entre les obstacles, passait une seconde avant les signaux rouges, faisait une subite embardée pour éviter un piéton. Ali penchait brusquement la tête au-dessus de la vitre baissée, criait : « Fils de chien, que je te rattrape... Je te bourrerai de coups ! » Retrouvait son immobilité et maugréait : « Ils dorment debout ! »

Le bruit s'échappait des ruelles pour rejoindre celui des porches entrouverts. Il s'épaississait de chaque pas, de chaque son. Prenait de monstrueuses proportions avant de se ruer sur la place. Là, il encerclait la statue équestre et poussiéreuse, cognait aux vitres des immeubles et tourbillonnait autour d'une rangée de cochers assoupis. On aurait pu crier de tous ses poumons sans se faire entendre. Le bruit était partout. Personne n'y prenait garde ; il devenait un bourdonnement, le tic-tac d'une horloge ou le fond d'un décor.

La ville fuyait si vite qu'elle n'était plus qu'une suite d'images noyées dans ce bruit. Le désir de les prendre une à une, ces images, celle d'un passant, d'une façade triste ou d'une vitrine, pour les regarder et les comprendre, s'évanouissait sur les ailes de la voiture. J'étais seule sur le siège arrière et je faisais sauter du bout de l'ongle les écailles du cuir usé.

Le boulevard aboutissait à la maison. Elle avait un air tenace avec ses deux colonnes massives sous le balcon central. A cette heure, mes cinq frères et mon père l'avaient quittée pour prendre l'air, ou bien ils bavardaient, attablés avec des amis aux terrasses des grands cafés.

Le portier, accroupi sur le banc, dormait, les pieds nus. Ses babouches jaunes luisaient par terre. Rien, excepté la voiture du maître, ne pouvait le tirer de sa somnolence. Dès qu'elle débouchait, le son même de ses roues lui transperçait le tympan. En moins d'une seconde, il était debout, le turban écru bien d'aplomb, les babouches aux pieds, la main prête à ouvrir la grille. Le portier gardait toujours les yeux fixés sur un point au-dessus des têtes, comme s'il craignait que ses paupières ne retombent d'elles-mêmes. Il dormait à longueur de journée, et dans les positions les plus diverses. Son emploi consistait à ouvrir les portes et à recevoir les insultes de mon père et de mes frères. Rien ne l'affectait. Il acceptait leurs paroles avec une grande égalité d'âme, les yeux toujours fixés sur ce point, un peu au-dessus de leurs têtes. Puis, dès que l'auto les emportait ou que la porte d'entrée se refermait derrière eux, il retournait s'accroupir sur son banc.

Mardouk, le chien, hurlait. Il ne me reconnaissait jamais. Il fallait toute la persuasion d'Ali pour qu'il consentît à me laisser passer. « C'est la fille de la maison ! disait Ali. Allons, allons, Mardouk... » Et il insistait doucement pour qu'il me reconnût : « C'est Sit Samya, la fille de la maison. »

Sur les escaliers de pierre blanche, les fourmis ne pouvaient passer inaperçues, elles logeaient entre chaque marche. Mardouk, habitué à leur présence, ne leur faisait aucun mal.

Ali me précédait avec mon cartable. Ses

semelles craquaient sur le gravier. Mardouk reniflait le bas de ma jupe. Qu'est-ce que je venais faire ici ? Ali poussait la porte mi-ouverte. Je pénétrais derrière lui dans la salle au plafond voûté, d'où partait un second escalier de marbre avec sa balustrade en fer forgé.

Les chambres étaient au-dessus. La mienne faisait face à l'autre, celle à la porte endeuillée.

Depuis qu'on avait emporté ma mère, sa chambre était restée intacte mais fermée à double tour, et la porte s'encadrait d'une bordure noire tracée à larges traits de pinceau. Dix ans que je sentais ma mère derrière cette porte, que j'aurais voulu ouvrir à deux battants ! Dix ans qu'on la gardait morte et que je m'efforçais de la vouloir vivante.

« Mais le terme est passé, disait mon père. Bientôt on repeindra la porte, on rouvrira la chambre et on l'aménagera pour un de tes frères, le premier qui sera marié ! »

Le terme était passé. Il la fallait morte ou oubliée. Mère, mère mon absente, voilà donc l'image de toi qu'on livrait à mon enfance !

Ma chambre sentait le renfermé. Lorsque j'ouvrais les fenêtres, il jaillissait d'entre les boiseries des nuages de poussière. J'avais beau arracher mon uniforme, le jeter loin de moi, dans le coin le plus sombre, ma prison ne me quittait pas.

***

J'entendais la voix de mon père, celle de mes cinq frères. Toutes ces voix résonnaient sous la voûte de l'entrée.

« Abdou !... Abdou !... »

Mes frères avaient faim. Ils réclamaient qu'on se mît à table. Mon père les calmait, il disait :

« C'est dimanche, il faut attendre Samya. »

Je me hâtais. Je tirais de l'armoire ma robe de sortie, celle que Zariffa avait repassée la veille.

« Samya !... Samya !... »

Mon nom frappait les parois de ma chambre. Ils avaient faim. Ma robe serrait aux coudes, j'avais du mal à passer mes bras, les coutures cédaient.

« Samya !... Samya !... »

Ils menaçaient de se mettre à table, de commencer le repas sans moi. Mon père les faisait taire, puis il s'approchait du grand escalier et criait dans la cage :

« Samya, ma fille !... Tes frères ont faim !... Dépêche-toi, nous t'attendons tous ! »

Je me débattais contre les agrafes. Je n'avais pas le temps de changer de bas. En descendant les marches, je ne voyais qu'eux, noirs dans mes souliers vernis. Mes cheveux avaient été défaits par l'encolure trop étroite. Je n'avais pas eu le temps de les recoiffer.

« Quelle tête !... » disait Karim en s'esclaffant au bas de l'escalier. « Bien content de n'être que ton frère !... »

Les autres riaient :

« Enfin, te voilà... », disaient-ils.

Je courais, l'escalier était interminable. Mon père se dirigeait vers la salle à manger en chuchotant à l'oreille de Guirguis, l'aîné de ses fils. Ils se ressemblaient. De dos, on les prenait l'un pour l'autre.

Avant de m'asseoir, j'allais vers chacun d'eux et chacun m'embrassait sur la joue.

« Tu as encore grandi », disait mon père.

J'étais à sa gauche, à la table en bois sculpté, face à l'armoire vitrée où s'étalait l'argenterie. Les pièces manquantes avaient laissé des cercles de poussière sur les étagères de glace.

Le repas du dimanche consistait en une soupe d'herbe verte que l'on versait sur le riz, les oignons, la viande de mouton, le poulet. Mes frères et mon père engloutissaient des portions énormes. Je mangeais beaucoup trop, moi aussi, avec une espèce de rage...

Guirguis avait dépassé la trentaine. Il avait une peau foncée, des yeux narquois qui égayaient son visage épais aux traits tombants. Karim et Youssef, malgré une différence d'âge de près de six ans, étaient inséparables. Ils se savaient beaux et se vouaient une admiration réciproque. Ils parlaient cravates, femmes et autos. Parfois, ils baissaient la voix pour m'épargner leur dernière confidence. Youssef n'avait que vingt-deux ans. Il se vantait déjà d'un nombre incalculable de conquêtes et jurait solennellement de ne jamais se marier avant la cinquantaine.

« Moi, répliquait Barsoum, j'ai décidé de me marier cette année même. » Et il demandait à mon père s'il connaissait une jeune fille qu'il pourrait lui conseiller.

Mon père aimait à être consulté. Il répondait :

« C'est bien, c'est bien, mon fils. J'y songerai. » Il disait qu'il trouverait sûrement. Il irait voir mes tantes, il irait voir l'évêque.

Barsoum voulait une famille, il prendrait la femme que son père choisirait. Il la voulait jeune, le plus jeune possible.

« Certainement, mon fils. Il faut prendre une femme jeune, pour la former. »

Antoun se taisait. C'était le benjamin; mais il avait l'air si réfléchi dans son premier embonpoint et derrière ses lunettes cerclées d'or que les questions ne tardaient pas à l'assaillir :

« Qu'en penses-tu, Antoun ?

— As-tu une idée pour ton frère, Antoun ?

— Il faut se marier jeune, n'est-ce pas, Antoun ?

— Il ne faut pas se marier avant la cinquantaine, n'est-ce pas, Antoun ? »

La conversation rebondissait. On parlait de la famille.

« Souraya, notre cousine, a plus de vingt ans. Elle n'est pas encore mariée ! Ses frères osent à peine se montrer dans les salons.

— Oui, pas encore mariée et malgré sa dot ! disait mon père.

— Elle fait la difficile, reprenait Antoun.

— La difficile ? questionnait mon père. On voit bien qu'il n'y a pas de chef dans cette maison. Ma sœur n'a pas d'autorité. Qu'elle me fasse venir, je m'en mêlerai et on verra !

— C'est une forte tête ! reprenait Antoun.

— Une forte tête ! disait Karim. Elle finira mal.

— Elle finira mal ! » répétait Youssef.

Pauvre Souraya ! Étiquetée, emprisonnée dans une armure d'une seule pièce. « Elle finira mal. » Déjà, ils parlaient d'autre chose. Les prix du riz montaient, les affaires seraient prospères. Souraya traînerait sa honte, parce qu'elle voulait choisir. Les cousins de Fayoum gagnaient trois mille livres dans une affaire de graines. Le cousin Hanna venait de faire un mariage brillant, sa femme lui apportait en dot plusieurs feddans[1]. « Que Dieu te comble aussi, Barsoum », disait Guirguis.

Ce n'étaient plus des visages autour de moi. Il me prenait l'envie de me lever et de secouer les bras. Pour sûr, tous les masques tomberaient à la fois par terre avec un bruit de carton. Mais je ne bougeais pas. Je me faisais petite, sourde, pour laisser le moins de prise possible à la blessure. Je mangeais, je mangeais à en mourir, par vengeance !

« Le cousin Ghalil ne mérite pas sa fortune. On devrait l'interdire ! Il abandonne ses affaires, il part pour l'étranger, il va y faire de la peinture.

— Des gribouillages », disait Barsoum.

Dire que j'étais faite de cette pâte-là ! Je m'en voulais de leur appartenir.

Vers la fin du repas, les voix devenaient

1. Un feddan = environ 58 ares.

cotonneuses. Avant de servir le café, Abdou fermait les volets. Il portait une galabeyya blanche, avec une large ceinture rouge qui lui rendait la taille encore plus fine. Mon père dénouait sa cravate.

« Tu iras te promener avec Zariffa pendant que nous ferons la sieste. Ali vous conduira », me disait-il.

Là-haut, on préparait les chambres. On défaisait les lits qu'on avait à peine eu le temps de refaire. On tirait les rideaux. Bientôt la maison serait morte. On n'entendrait plus que les aboiements de Mardouk qui croyait qu'il devait défendre tout ce sommeil en hurlant quand passaient les tramways.

Déjà mes frères parlaient moins, leurs bouches s'empâtaient. Ils quittaient la table, alourdis, sans un geste vers moi. Antoun me glissait à l'oreille : « Je serai ici à sept heures pour t'accompagner au pensionnat. »

Mon père était le dernier à bouger. Il avait du mal à se mettre debout, à cause de son poids. Abdou le guettait du coin de l'œil, il était tout en nerfs. Au premier signe de mon père, il lui passait les mains sous les aisselles pour l'aider à se soulever. Mon père n'avait plus la force de se pencher pour m'embrasser. Soutenu par Abdou, il montait le grand escalier, lentement, à moitié assoupi.

J'entendais les portes se fermer. J'étais seule sous la voûte. Le sommeil planait au-dessus de ma tête, pesait sur mes épaules. Zariffa et son visage de plomb apparaissaient. Sa voix m'atteignait à peine : « La voiture est là... Nous t'attendons ! » Elle répétait ces mots en insistant sur chaque syllabe. Sans me retourner, j'imaginais sa tête penchée, le mouchoir gris autour de ses cheveux, la façon qu'elle avait de tendre les lèvres pour mieux se faire entendre.

Tout le sommeil de la maison descendait en nappes autour de moi, m'engluait, me collait au sol. Mon père, aidé par Abdou, devait être en train de revêtir son pyjama à rayures mauves. Une troisième fois, la voix de Zariffa :

« La voiture est là. Viens donc, le temps passe ! »

Tout à l'heure, assise auprès d'Ali, elle s'endormirait, elle aussi, la tête pendante.

Zariffa mit autour de mon épaule la courroie du sac rouge. Le sac ne contenait qu'une photo de ma mère, la plus ancienne que j'avais pu trouver. « Viens », dit Zariffa.

Je la suivais, je descendais les marches blanches et mes chaussures me serraient.

Soudain, la pensée de Mardouk me faisait hâter le pas, il me prendrait encore pour une intruse.

J'étais une intruse. Je suivais Zariffa, vieillie et grise, dans ses souliers plats, et je me voyais la suivre. « Qu'est-ce que je fais là ? » J'entrais dans la voiture. La portière se refermait, et Zariffa s'asseyait à côté d'Ali.

***

La voiture roule. Devant moi, entre la balafre d'Ali et le profil de Zariffa, la ville, engourdie sous son opaque carapace de poussière, somnole. Elle ne respire ni par ses murs aux volets clos ni par ses arbres dont les feuilles ont perdu l'espoir de l'eau. La voiture roule, m'isole encore de la rue, mais la rue frappe aux vitres.

Ali freine devant une boutique entrouverte, car le marchand de glace espère toujours un client, il répète sans trop y croire : « Que la soif chasse le sommeil. » A toutes mes sorties, Zariffa a charge de m'acheter un cornet.

A cette heure, la ville ne vit que de ses mendiants.

Les trottoirs semblent déserts, mais à peine sommes-nous descendues de la voiture qu'un troupeau de miséreux se jette sur nous. Zariffa se met à les insulter en agitant les mains comme si elle chassait des mouches. Ils nous encerclent. Je ne vois que des paumes tendues, des loques informes qui tournent autour de nous avec des sons plaintifs.

Zariffa fend le cercle. Je reste au centre, honteuse de ma robe sans accroc et de l'auto qui m'attend. La voix haute de Zariffa me fait honte, elle aussi :

« Attendez que je revienne », dit-elle, et elle paye la glace. « Attendez que je revienne, voyous ! Bons à rien ! Fils de chiens ! »

Je tremble. Je voudrais qu'elle se taise. Je voudrais tout donner, mais mon sac ne contient qu'une photo.

Je voudrais me joindre à eux, tourner avec eux autour de Zariffa, autour de la ville, autour de la vie, et répéter : « Pourquoi ?... Pourquoi ?... »

« Des fainéants !... des voleurs !... » continue Zariffa qui s'est fait un cœur de crin. Elle brise à nouveau le cercle, me traîne par le bras jusqu'à la voiture. En nous apercevant, Ali, sans bouger, a ouvert la porte. Je m'engouffre dans la voiture, la tête baissée.

« Des fainéants !... Des voleurs !... Te souviens-tu de l'histoire de la vieille Zannouba ? »

Zariffa se retourne pour me faire face ; elle doit gêner les mouvements du volant. Elle secoue sa figure ridée. Elle fronce le nez. Elle me prend à témoin :

« Toujours à la même place, aux mêmes heures, la vieille Zannouba ! On la connaissait, elle était si décharnée qu'on se demandait comment elle tenait debout. Elle me faisait pitié ! Je lui ai donné des piastres, que le diable ait son âme ! A sa mort, les voisins sont venus avec une obole, de quoi l'enterrer. Sais-tu ce qu'on a trouvé sous ses hardes ? »

Elle s'arrête un moment et me regarde dans les yeux. Je sais ce qu'elle va me dire. On a trouvé des liasses d'argent sous le matelas de Zannouba. « De quoi se faire construire un mausolée !... dit Zariffa. La tête qu'ils faisaient, les voisins !... Sur des liasses... étendue comme une mendiante, avec des pieds terreux, durcis, tournés vers l'extérieur... Et la main tendue !... Elle l'a emportée comme cela, sa main, avec elle, dans la tombe ! »

Zariffa continue, il n'y a pas de pitié dans sa voix. « La main tendue pour toujours dans sa tombe, c'est sa punition !... Pour toujours une mendiante ! Une femme de rien ! A vous dégoûter de tous ceux de son espèce... Eh, Samya, tu m'entends ? »

Qu'importent les mots de Zariffa ? Des mendiants, il y en a. Des vrais, des faux. Qu'importe ? Ils existent. Ils sont là. Ils font et refont le geste de la prière. Ils oublient le refus et l'insulte pour recommencer sans cesse. « Tu m'entends, Samya ?... Des menteurs !... Des fainéants !... » Elle en a connu un qui cachait son or dans sa jambe de bois. Un autre qui, pour apitoyer les passants, louait à la semaine un enfant rachitique. « Parfois, ils se jettent sous un tramway pour perdre un membre ! »

Qu'importent ces histoires ! Ils sont là, les mendiants. Sur leur poitrine, leurs os apparaissent comme des clous. Ils ont des yeux noyés, des moignons. Pour se faire prendre en pitié, s'ils se privent d'un bras, d'une jambe, la honte n'est pas sur eux !

« Des fainéants !... Des voleurs !... » continue Zariffa.

Et Ali qui n'est pas bavard ajoute :

« Des fils de bâtards... Tous. »

***

Dans l'allée des flamboyants, les pétales rouges tombaient sur le capot et lui donnaient un air de fête. C'étaient des arbres aux fleurs en grappes, où la couleur du sang se mêlait à celle du soleil. Les flamboyants bordaient une île dont Ali faisait lentement le tour. Lentement, très lentement. Il voulait m'en donner pour mon dimanche.

Ali sillonnait les rives du fleuve. Il les descendait, les remontait et traversait les ponts métalliques qui ouvraient parfois leurs dents de monstres pour laisser glisser une felouque d'un autre âge. Au loin, entre les banians qui grimacent, le désert attendait de déchaîner son sable.

La tête de Zariffa s'alourdissait sur sa poitrine. Son peigne d'écaille pendait de son chignon, armé d'épingles noires. Ali allongeait sa route, s'attardait autour du jardin aux colonnes de mosaïque, côtoyait l'autre bras du fleuve. Il laissait passer le temps.

J'avais hâte de retrouver la ville, elle m'apportait, avec ses passants, cette vie, ce mouvement qui me manquaient. Devant les paysages, que j'aimais pourtant, c'était encore un reflet de moi-même qui me faisait face, et je voulais fuir mon propre visage.

Au retour, la ville s'était éveillée.

Les vrombissements des autos, les cris des marchands ambulants, la plainte des mendiants, le rire gras des hommes attablés aux cafés, la voix nasillarde des phonographes, tout ce vacarme lui tombait dessus à coups de trique. Les tramways surchargés avançaient avec peine, malgré les stridents coups de sifflet du contrôleur essayant d'intimider les flâneurs qui traînaient sur les voies. Trois chameaux reliés par une corde suivaient un homme qui les insultait. Un âne portait autour de son carcan des colliers de couleur. Hurlant les titres en trois langues, les vendeurs de journaux traversaient les rues en tous sens et secouaient les feuilles fraîches sous le nez des passants.

Ali était obligé de ralentir.

J'apercevais, près des magasins, une femme avec sur la tête un clou géant, on aurait dit un bonnet. Une autre, debout, le dos appuyé au mur, les bras pendants. Les bien-vêtus me semblaient en uniforme. Je préférais les enfants dont les doigts sales couraient sur les vitrines jaunissantes. Le long des ruelles, entre les trottoirs affaissés, bordés d'épluchures, des garçons jouaient à la balle. D'autres, en se tenant par la taille, montaient à quatre sur une trottinette de bois qu'ils s'étaient fabriquée. Les enfants demeuraient de plus en plus nombreux, ils se multipliaient comme des démons, et ils se moquaient des menaces des marchands de fruits ou de légumes debout devant leurs charrettes croupissantes.

Parfois un aveugle se frayait miraculeusement un passage sans se faire renverser. Il se dirigeait vers l'une des chaises boiteuses, toujours à l'ombre du mur démantelé.

***

Le ciel s'allégeait et se colorait de teintes différentes. Il était temps de rentrer.

Nous retrouvions la maison vide. Mardouk n'aboyait plus, je me gardais pourtant de le caresser.

La maison étalait un silence qui semblait plus épais autour de la chambre de ma mère, morte voilà dix ans ! L'encadrement noir me surprenait à chaque retour.

Mère, mon absente ! Que de fois t'ai-je emportée le long des marches que je montais péniblement jusqu'à ma chambre. Ton poids entre mes bras. Mère, mon absente, elle m'étouffait, ta mort ! Je gravissais les marches avec peine, comme si je te portais, mon enfant pâle, si lourde à mon cœur ! Comme une poupée de son, ton corps entre mes bras s'affaissait et tu ne m'aidais pas à te rendre plus légère. Ta joue contre mon cou était froide. Et tes lèvres... Zariffa répétait qu'à la fin elles étaient si blanches qu'on ne les distinguait plus de ton visage.

« Vite, vite... Dépêche-toi, criait la voix de Zariffa, tu vas être en retard. Il faut que tu sois au pensionnat avant sept heures. » Je ne t'ai connue que morte, mère, mon enfant ! Je me souviens de cette photo de toi, celle qui est dans mon sac, tu as douze ans et un air si craintif. Je voudrais de la force dans mes bras et qu'elle te protège. « Tout est prêt dans ta chambre, tes chaussures sont cirées, ta robe est repassée... Ne traîne pas. » La voix de Zariffa me poursuivait. « Vite, Antoun sera bientôt de retour pour te raccompagner. » Mère, tu es si lourde entre mes bras. « La rentrée est pour sept heures... Hâte-toi, hâte-toi donc ! »

Ces dimanches soir !...

IV

Un matin, en pleine classe, la porte s'ouvrit, et je reconnus la sœur portière. Tout en parlant, elle secouait la coiffe amidonnée qui encerclait son visage. Vite, j'étais attendue au parloir !

Je cherchai mes gants blancs. Il ne fallait jamais se présenter sans gants devant un visiteur. Mes compagnes chuchotaient. La curiosité leur mettait de la couleur aux joues.

« Qu'est-ce qu'on te veut ? demandait Joséphine.

— Peut-être une malade dans ta famille ? disait Soad.

— Peut-être un mort ? » disait Leila qui se cachait ensuite le front au creux du coude.

Mes frères, mon père se portaient bien. Il n'y avait que Zariffa qui se faisait vieille ;

mais elle, s'il lui était arrivé malheur, on aurait attendu le dimanche pour me prévenir.

« Bonne chance ! » cria Joséphine lorsque je tournai la poignée de la porte avant de sortir. « Bonne chance », répéta-t-elle, défiant la maîtresse qui réclamait le silence.

Le couloir s'allongeait. Je ne me posais pas encore de questions. Une des grandes était debout sous l'horloge, elle avait en main la cloche en cuivre dont elle tenait le battant. Elle attendait que l'aiguille marquât midi. Cet honneur revenait à celles qui se distinguaient par leur piété. Elle me vit et m'interrogea :

« Au parloir, aujourd'hui ? Qu'y a-t-il ? »

Je ne savais pas. Je continuais à avancer dans ce couloir sans fin. Je sentais, entre mes épaules, le regard de la fille, j'aurais pu dire l'endroit précis où il se posait. L'inquiétude commençait à me gagner.

Au parloir, je trouvai mon frère Antoun assis dans un fauteuil dont les fils de soie rouge lui pendaient le long des jambes. Les bras sur les accoudoirs, il avait un air si digne qu'on aurait pu penser qu'une rosette d'honneur venait de lui échoir. Il ne prit même pas la peine de m'embrasser.

« Je t'emmène, dit-il. Tu rentres à la maison. Ici, elles sont prévenues. On te marie ! »

Cette phrase lointaine et proche à la fois, il me semblait l'avoir toujours attendue, dans la crainte. Le fait de la vivre soudain me la rendait moins monstrueuse. Le contact brutal avec la réalité m'ôtait pour un moment toute pensée.

« Il faut que j'aille chercher mes affaires », dis-je à Antoun, immobile.

Les surveillantes souriaient déjà de ce sourire gracieux que l'on accorde aux anciennes, à celles qui ne reviennent qu'aux jours de fête. La phrase de mon frère n'avait pas encore fait son cheminement en moi. Les questions de mes compagnes bourdonnaient.

« Alors, c'est vrai ?

— Tu te maries ?

— Quel âge a-t-il ?

— Comment est-il ?

— Est-ce que tu l'aimes ? » disait Leila.

Je répondais sans reconnaître ma voix — une rumeur étrange qui venait vers moi du fond de grottes obscures.

« Je le savais depuis longtemps, disais-je. Mais c'était un secret. Oui, il est beau... Et puis, je suis heureuse ! Parfois, il attendait des heures simplement pour me voir passer. »

Je mentais, j'écoutais ma voix. Je jouais de moi et de mes compagnes. Je me prenais au jeu.

« Oui, je vais être très heureuse ! » répétais-je.

L'imprécision du mot prenait dans ma bouche une forme. Et puis je fabriquais un visage, des bras aimants entre lesquels les peurs tomberaient, comme des galets.

« Oui... très heureuse ! »

Se pourrait-il que cela ne fût pas vrai ? Mes frères, mon père ne pouvaient me vouloir du mal. Ils m'aimaient. Ce serait indigne de penser que mon père avait mal choisi. Cet homme, je l'aimerais, et lui devait m'aimer déjà. Plus de nuits encerclées de rideaux durcis à l'amidon, plus de réveils comme des arrachements, plus de murs. Je mentais. Ma voix nous berçait, tandis que mes compagnes m'aidaient à faire les valises.

Nos mains soulevaient les couvercles, tapissaient le fond des valises de piles blanches. Il flottait tout autour une odeur de linge et de savon.

« Et votre voile ? Et vos gants blancs ? dit la surveillante. Ne les oubliez pas. Plus tard, ils serviront à votre fille. »

Ce qu'elle venait de dire me mit soudain en face de moi-même, comme réveillée en sursaut. Je sentais la plante de mes pieds sur le sol. Droite et tendue, je regardais la surveillante, je la défiais. Un jour, je protégerais ma fille d'elle et de ces murs qui asphyxient. Je poursuivis la surveillante derrière son regard, jusqu'à ce qu'elle eût détourné les yeux.

« Tes valises sont faites », dit Soad, et elle tourna la clé dans la serrure rouillée.

Les bras de Joséphine étaient autour de ma taille :

« Tu ne m'oublieras pas ? »

Leila, Soad, Aïda, Joséphine obtinrent la permission de porter mes valises jusqu'à la porte d'entrée. Elles marchaient autour de moi. Le bras de Joséphine ne me quittait pas. Mes compagnes étaient mes seuls souvenirs vivants. Je sentais une boule dans la gorge à l'idée qu'elles n'étaient déjà plus que des souvenirs.

« La pauvre enfant, elle est émue ! » dit la Supérieure à mon frère qui s'impatientait. « Ça se comprend... On s'attache tellement à notre chère maison !... »

En voiture, Antoun m'expliqua hâtivement ce que j'allais trouver chez nous. Les affaires avaient été mauvaises ; si on ne m'avait pas sortie trois dimanches de suite, en prétextant une absence prolongée de mon père, c'était de cela qu'il s'agissait.

Maintenant, il faut faire vite et avant que les gens ne le sachent. Vendre tout ce qu'on pourra pour payer les dettes et me marier. Avec une situation moins brillante, je serais impossible à caser.

« Mais nous avons trouvé un parti, ajoutait mon frère, et l'entrevue est pour demain. »

Dans la maison, quel bouleversement. L'entrée, le grand salon étaient encombrés de meubles entre lesquels mon père allait et venait en agitant les mains :

« Ceux qui seront vendus, par ici, à droite, disait-il... Ceux que je garde, dans le grand salon ! »

Ses ordres partaient en tous sens. Vers Ali le chauffeur, qui s'était joint à Abdou pour descendre la commode. Vers le cuisinier et son aide, qui tiraient le vieux piano. Le portier, parvenu à chasser son sommeil, regardait toutes ces transformations, adossé à un mur.

Je comprenais de mieux en mieux ce qui se passait. Il fallait masquer une faillite. On dépouillait les chambres dans lesquelles les visiteurs ne pénétraient pas, pour préserver les salons, les fauteuils dorés, leurs tapis. On se débarrassait de moi. J'encombrais, je coûtais. Il fallait me marier au plus vite. Il fallait sauver la face.

Il y aurait toujours des dîners et des invités. La maison continuerait d'être une « maison ouverte ». De cette façon on maintenait le respect et on pourrait ainsi remonter le courant, traiter de nouvelles affaires. Conserver la façade, poussiéreuse, un décor mangé des mites, imposant tout de même.

Entre les fauteuils, les tables, les objets, les chaises qui se chevauchaient, j'essayai d'atteindre mon père. Il me semblait ridicule avec sa voix et son doigt boudiné qui indiquait une chose, puis l'autre.

« Ah ! dit-il en m'apercevant, tu es là ?... »

Il continuait à lancer des ordres :

« Non, non, Zariffa, vieille folle !... Je t'ai déjà dit que les meubles de Samya, on les vendait tous ! »

Zariffa se dépensait elle aussi, et risquait parfois un avis. Son attachement n'avait pas de limites. Jamais elle ne quitterait la famille, même si on ne pouvait plus la payer, elle se contenterait d'être nourrie.

Je tentai de m'approcher de mon père et de lui parler de ce qu'Antoun m'avait appris.

« Me parler, me parler de quoi ? répondit-il. Tu vois bien que je suis occupé. Antoun t'a tout dit, n'est-ce pas ? L'entrevue est pour demain ! »

Puis, il sortit un crayon de sa poche et me le tendit :

« Au lieu de poser des questions, rends-toi utile. Demande une feuille à Zariffa et dresse une liste du mobilier. »

J'insistai encore. Il fallait que je lui parle. Il me devenait de plus en plus difficile d'accepter que tout ait été décidé en dehors de moi. J'appuyais sur les mots, je voulais émouvoir mon père et qu'il éprouvât ma solitude. Si quelque chose en lui m'avait réellement aimée, il aurait été saisi par le ton de ma voix. J'étais près de lui, sa tête pas beaucoup plus haute que la mienne, et je mis ma main sur son bras : « Père ! »

Mon père détourna le visage et, prenant un vase de cristal taillé qui se trouvait sur la table ronde, il appela Zariffa :

« Ce vase, Zariffa ? Ce serait dommage de le vendre. Il fait si bien sur la table de marbre.

— Père... Père !... »

Cette fois, il se fâcha. J'étais une fille sans cœur. Mes frères et lui avaient des ennuis graves, ils me les épargnaient parce que je n'étais qu'une fille, et voilà que je m'acharnais à rendre les choses difficiles. Mais j'étais résolue à le voir un moment, seul. Je m'accrochai à son bras, je repoussai brusquement Zariffa qui me répétait de monter dans ma chambre et que j'allais mettre mon père en colère. Mes doigts se crispaient autour de sa manche. Il sentit que je ne céderai pas.

« Bon, dit-il. Allons dans le salon à côté. Mais cinq minutes... je te donne cinq minutes. »

Il ouvrit la porte vitrée du salon et j'entrai derrière lui. C'était une pièce aux tentures vertes avec des portraits de famille aux murs. Mon père sortit son mouchoir et tamponna sa bouche à petits gestes nerveux. Il m'en voulait de cette insistance dont je prévoyais moi-même l'inutilité. Mon espoir me retomberait tout à l'heure dans le creux de la main.

Je savais que nous pénétrerions mon père et moi, dans ce salon, que je fermerais la porte vitrée derrière nous. Quelques instants après, je savais que nous en sortirions, comme si rien ne s'était passé. L'entrevue aurait lieu le lendemain et j'épouserais cet homme que l'on m'avait choisi.

« Alors, que veux-tu me demander ? dit mon père.

— Antoun m'a annoncé que j'allais me marier. C'était tellement soudain que je n'ai pas su répondre...

— Il n'y avait rien à répondre, reprit mon père. Antoun a dit la vérité. Que te faut-il de plus ?

— Il ne s'agit pas de cela, père.

— De quoi s'agit-il alors ? » Il était de nouveau près de la porte, la main sur la poignée.

« Cet homme, je ne le connais pas !

— C'est pour cette raison que l'entrevue aura lieu demain. » Sa voix était ferme, il entrouvrit la porte. « Tu n'es pas une beauté, continua-t-il. Nos affaires vont mal. Que cela se sache, et tu ne trouveras plus jamais de parti. Tu nous resterais sur les bras !... » Il ajouta qu'il n'était pas comme sa sœur, la mère de Souraya, qu'il saurait user de son autorité pour ne pas avoir une laissée-pour-compte. « Demain, elle sera ici, ta tante. Toujours aux aguets quand un parti se présente. Elle espère que les choses ne s'arrangeront pas et qu'elle pourra donner encore une chance à Souraya. Mais ici, cela s'arrangera... Je t'ai choisi un homme de bien. Tu l'épouseras. Sinon, je te jure que je m'en mêlerai, et on verra ! »

Tout était dit. Nous sortîmes du salon. Mon père se remit à s'occuper des meubles. Je remontai dans ma chambre. Je passai la nuit assise sur mon lit.

* * *

Le lendemain, la maison avait repris son aspect normal.

Tandis qu'elle m'aidait à prendre mon bain, Zariffa me raconta tout ce qu'elle savait sur mon futur mari. Elle me frottait le dos et elle versait dans l'eau chaude des cristaux parfumés. L'homme venait des villages. Il dirigeait une importante exploitation agricole. Il avait quarante-cinq ans, l'âge du mari parfait. Mon père aussi s'était marié à quarante-cinq ans et ma mère en avait quinze. « Comme toi, dit Zariffa, d'une voix émue. Ah ! Samya, ajouta-t-elle, quelle tristesse qu'elle ne soit plus avec nous. Elle t'aurait apporté, aujourd'hui, cette chance qu'il faut pour plaire à un fiancé. »

Le front gris de Zariffa se penchait au-dessus de moi, ses doigts noueux plongeaient dans l'eau pour ramener le savon. J'avais du mal à imaginer une vie d'où elle serait exclue. J'avais subitement peur d'une vie d'où Zariffa serait absente, avec ce sentiment de réconfort qu'elle m'avait toujours apporté. Elle avait une brusquerie qui cachait sa tendresse et j'aimais ses mains qui m'avaient frottée, peignée, depuis l'enfance.

« J'ai peur, Zariffa !...

— Peur ?... De quoi aurais-tu peur ? N'est-ce pas une belle chose pour une fille de trouver un mari ? Regarde-moi, quels sont mes souvenirs ? Rien que ceux des autres. Ne fais pas la bête ! Tu vas être une dame et avoir des enfants. Tous des fils, si Dieu te bénit, comme il a béni ta pauvre mère. »

Zariffa ne comprenait pas ma peur. Et toi, Mère, Mère lointaine et sans secours ? Où étais-tu ? Avais-tu voulu ton mariage ? Dans ton cœur, l'avais-tu voulu ?

Zariffa m'essuya avec une large serviette-éponge, et quand je me retrouvai dans ma chambre, elle me laissa. Puis, elle revint, les bras encombrés d'un flot de robes qu'elle jeta sur mon lit.

« Elles sont toutes à ta mesure, dit-elle. Ton père te fait dire de choisir celle qui te plaira. »

Une à une, sous mon pâle visage, les robes ressemblaient à des objets déterrés. Zariffa, qui me regardait, dit soudain :

« C'est celle-ci qui te va le mieux. Je le savais, à cause des broderies. Je vais te monter ton déjeuner et tu la mettras tout à l'heure. L'entrevue est pour quatre heures. Ton père te fait dire qu'il faut que tu sois prête. »

Peu à peu, la journée s'écoula. Il fallait avoir la patience d'attendre, et tout passerait. Le pire ne dure qu'un moment. Le pire coule aussi, irrémédiablement, pour se noyer avec le reste. Il fallait avoir cette patience-là. Attendre la fin. Avoir cette patience-là ou agir.

La journée s'écoula. On épousseta les meubles, on prépara le goûter. Zariffa ajustait les manches de la robe autour de mes poignets trop fins. A cinq heures, elle me dit qu'il était temps. Ils étaient là depuis un long moment. Je descendis l'escalier. J'entendais, à travers la porte, leurs voix qui se mêlaient. Ils avaient sûrement discuté de ma dot, de mes qualités, de la date du mariage. Je reconnaissais la voix de ma tante, la voix grave de mon père, et ce timbre inconnu et sec : « C'est Sit Rachida, ta future belle-sœur ! » me dit Zariffa qui savait tout. Puis, elle m'arrêta sur le seuil pour faire sur mon front le signe de la croix. Elle tenait de l'autre main un petit bol en terre cuite qu'elle avait rempli d'encens. « Attends », me dit-elle, et elle tourna cinq fois autour de moi en prononçant des mots étranges. Quand elle eut terminé, Zariffa me répéta : « C'est pour que la chance soit avec toi. Pourvu qu'ils te trouvent à leur goût, sa sœur et lui, et que l'affaire soit conclue ! »

Ensuite, elle me prit par les épaules et me poussa vers le salon, dont la porte s'ouvrit sans effort.

***

Ils étaient assis en cercle.

En face de moi, un front bas enserré d'un mouchoir noir qui passait au-dessus des oreilles et se nouait derrière la nuque. Avec deux yeux fixes, des yeux d'araignée qui me dénudaient. J'aurais voulu lever mes deux mains pour me protéger.

« Approche, approche », disait la femme aux yeux d'araignée. Je n'échapperais plus à ce regard, à cette bouche nouée. J'avançai, et lorsque la voix de mon père me présenta, disant : « Voici ma fille Samya... Samya, je te présente à ma chère amie, Sit Rachida », le visage de la femme, pour sourire, s'affaissa en mille petits plis comme une voile qu'on amène. Je ne disais rien, et mon père ajouta : « Les jeunes filles sont si timides ! »

Alors monta la voix de ma tante.

« C'est un signe de bonne éducation. Ma fille Souraya, par exemple, on ne saurait dire la couleur de ses yeux, elle les tient toujours baissés, le cher ange ! Un modèle de fille, ma Souraya, un vrai modèle ! »

Je tendis la main à Sit Rachida, et m'attirant, elle m'obligea à me pencher pour m'embrasser sur le front. Puis elle éleva le ton :

« Boutros, regarde comme elle est charmante ! »

Je ne voulais pas encore voir cet homme. Il était derrière moi, il s'appelait donc Boutros. Peut-être était-il différent de tous ? Un espoir comme un souffle me traversa le cœur.

J'embrassais ma tante et lui demandais tout bas des nouvelles de Souraya. Elle reprit pour que tout le monde pût entendre : « Elle fait en ce moment des travaux d'aiguille, des merveilles !... Ah, cette Souraya, quelle parfaite maîtresse de maison. A notre époque, on ne trouve plus de filles comme elle ! Lorsqu'elle se met au piano, on se croirait au Paradis. N'est-ce pas, mon frère ? »

Elle fit un large sourire à Sit Rachida et mon père se détourna sans lui répondre. Sur ma joue, le baiser de ma tante était de glace.

J'embrassai chacun de mes frères. Ils s'ennuyaient et m'en voulaient de cet après-midi gâché. Mais ils tâchaient de donner l'impression qu'ils allaient me regretter et que mon futur époux serait comblé. Guirguis, mon aîné, qui se trouvait à ma droite, parlait à l'homme. Leurs voix se confondaient. Les yeux au sol, je continuais ma ronde. Je dis bonjour à Guirguis. Je ne pouvais retarder plus longtemps le moment de voir l'homme. Près des jambes de mon frère, il y avait les jambes de l'autre, ses pieds étaient petits et, autour de ses chaussures de cuir jaune, flottait une odeur de cirage. Je tendis une main qui ne semblait pas m'appartenir ; une main de poupée, vide à l'intérieur. La paume dans laquelle je la déposai était grasse et moite. Je sentis que l'homme faisait un effort pour se lever.

« Restez assis, restez donc assis, mon bey ! » dit mon père.

Il ne se le fit pas redire. Je voyais son ventre large et la chaîne qui allait d'une poche à l'autre du gilet. La main gauche jouait avec un collier d'ambre. Je devinais le visage. Pourtant, la longueur du nez m'étonna. Perdu dans la masse des joues, les yeux étaient petits, mais prompts comme ceux des rats, sous des paupières plissées et brunes.

Partout, des voix chuchotaient, et mon père dit :

« Samya, ma chérie, passe-nous les gâteaux ! »

Je pris les assiettes et j'allai de l'un à l'autre. J'avais la sensation que des yeux d'araignée et de rat me poursuivaient. Je m'assis ensuite sur la chaise vide entre ma tante et Sit Rachida. Mon père, appuyé sur le coude, faisait à cette dernière des confidences. « Sa pauvre mère est morte si jeune. Il a fallu que je m'occupe de tout. Mais rien ne lui a manqué ! » Sit Rachida l'approuvait de la tête, mon père continuait : « Rien à dire du côté santé. Bâtie comme un arbre. Elle n'aura que des garçons ! Une fille solide, tenez, vous allez bien la regarder... Eh, Samya, ma petite Samya !... Veux-tu aller ouvrir la fenêtre, Sit Rachida a trop chaud. »

J'allai à la fenêtre, au fond du salon. Je savais ce qu'on me voulait. Leurs regards étaient sur moi. Rachida, pour éveiller l'attention de son frère, dit : « Tu vois, Boutros, ils ont une vue sur le boulevard. » Ils m'observaient. Je n'étais ni boiteuse ni difforme. Ma tante se rapprochait de Sit Rachida pour lui siffler dans l'oreille : « Certainement, elle n'est pas mal », sur un ton condescendant. Mes frères perdaient patience. Ils avaient parlé récoltes, vers de coton, hausse. Ils remuaient sur leurs chaises. Boutros s'adressa à moi, et me demanda si je gardais un bon souvenir de mes années de pensionnat... Je répondis que oui. J'étais acculée au mensonge. Les mensonges cimentaient leurs maisons, leurs vies, leurs cœurs, et ils m'entraînaient avec eux.

Sit Rachida et Boutros m'avaient vue, ils avaient entendu ma voix. Maintenant, ils pouvaient s'en aller. « Boutros, dit Sit Rachida, je crois, à notre regret, qu'il est temps de partir. »

Ils se levèrent tous. Sit Rachida pressa la main de mon père avec insistance comme pour dire qu'il pouvait compter sur son appui. Les adieux furent cordiaux. Ma tante sentait que l'affaire lui échappait, elle se renfrognait et partit sans m'embrasser. Souraya l'entendrait geindre toute la nuit. Qui, de nous deux, était la plus à plaindre ?

L'homme qu'on appelait Boutros me salua très bas. Un instant, je crus que sa calotte rouge allait tomber de sa tête et rouler jusqu'au bas des marches.

Tous ensemble, nous les avions accompagnés jusqu'à la grille du jardin. Ali les attendait, debout devant la portière entrouverte de la voiture. Zariffa, derrière les persiennes, devait nous regarder et se frotter les mains de joie. C'était une belle chose que de marier une fille !

« C'est Sit Rachida ! » dit Zariffa, lorsque la sonnerie du téléphone retentit, une heure après, pour dire que tout était conclu. Elle tendit le récepteur à mon père, et se précipita sur moi pour me couvrir de baisers.

***

Cette nuit-là, je dormis.

Je m'étais mise derrière un autre moi, venu sans que j'aie eu à l'appeler. C'était un autre personnage et pourtant moi-même. Il venait à mon secours lorsque les choses étaient trop lourdes et qu'à l'intérieur tout s'écroulait. Ma force se retirait de mes gestes et de mon regard.

Le lendemain matin, lorsque Zariffa entrouvrit la porte et dit : « Ton fiancé et sa sœur viendront te chercher pour la promenade », je me sentais encore à l'abri de tout. Les voix pour m'atteindre venaient de très loin, puis elles se heurtaient à mon autre moi : des balles dont le choc s'amortit sur un mur de toile. Les bruits perdaient de leur acuité avant de me parvenir. J'étais absente de moi-même et pourtant, j'observais.

« Ta raie, fais-la plus bas », disait Zariffa.

« Serre moins ta ceinture », disait Zariffa.

« Tout à l'heure, disait Zariffa, parle avec le sourire. Les filles qui n'ont pas le visage aimable font grincer les dents du mari. »

« Mais ne parle pas trop, reprenait-elle. Les filles qui parlent trop portent au cœur un chat noir qu'elles veulent cacher. »

Je refaisais ma raie, je desserrais ma ceinture, et je disais oui de la tête. Je n'étais plus que gestes. Quelle détente j'éprouvais ! J'aurais voulu qu'il en fût toujours ainsi.

Dans l'après-midi, Zariffa vint me chercher pour me dire qu'ils m'attendaient devant la grille. Ils avaient loué pour la promenade une voiture à cheval.

Assise entre Sit Rachida et son frère, je n'éprouvais aucun malaise. Leurs voix allaient et venaient, se croisaient comme des brindilles devant mon visage. Sur l'asphalte, les sabots du cheval résonnaient.

Les voix se taisaient. Puis, elles reprenaient, elles s'adressaient à moi et m'environnaient de questions. Alors, j'aurais bientôt seize ans ? Et des maladies d'enfant, est-ce que j'en avais eu ? La typhoïde, ah oui ? Et une paratyphoïde ? Cela laisse parfois des traces. Et mes frères, quels garçons sérieux ! C'est de la chance pour un père de savoir que sa fortune ne sera jamais dilapidée. Combien au fait possédait-il de boutiques dans la vieille ville ? Et de domestiques, combien en avions-nous ?

Je répondais comme s'il s'agissait d'une comptabilité qui ne me concernait pas. Je me laissais bercer par la voiture. Le dos du cocher formait un écran noir qui nous abritait du soleil. J'étais absente, invulnérable.

Le fouet claquait. Le cheval évitait les autos, dépassait les ânons, et des cyclistes parfois nous devançaient. Le cheval, cerclé de ceintures de cuir, ses deux oreilles dans de petits sacs de toile qui les protégeaient contre les mouches, trottait par les rues de la ville, le long des berges, et dans l'allée des flamboyants. Ses sabots continuaient à heurter l'asphalte avec un bruit plein et monotone.

« Alors, votre cher père ? disait Sit Rachida, est-il toujours content de son commerce ?

— Très content. »

Le fouet claquait. Le cheval accélérait son trot.

« Comme il doit vous gâter ! Quelle surprise vous réserve-t-il pour votre mariage ? Votre mère a-t-elle laissé des bijoux ?

— Je ne sais pas.

— Avance, avance donc ! » criait le cocher. Il jouait de son fouet sur le flanc du cheval. Il tenait bien les rênes en main, mais on sentait que c'était un cheval qui ne savait même plus hennir.

« Et vos frères ? reprenait Sit Rachida. Que comptent-ils vous offrir pour votre mariage ?

— Je ne sais pas.

— C'est bien embarrassant pour ces chers garçons ! Demandez-leur des bijoux, ce sont des valeurs qui ne baissent pas. Des souvenirs éternels !

— Oui, je demanderai des bijoux ! »

Le cocher agitait les rênes, bien que le cheval obéît à un seul geste du poignet. A gauche, à droite, en avant, lentement, plus lentement. On pouvait lui faire faire n'importe quoi.

« Oui, Sit Rachida, je demanderai des bijoux ! »

Je demanderais des bijoux, je demanderais ce qu'on voudrait. Je n'éprouvais rien, je n'avais aucun mal, aucune peine. Je ferais n'importe quoi. Les sabots du cheval faisaient à présent un bruit assourdissant.

« En avant, fils de putain ! dit le cocher.

— Il vous faudra un solitaire ! » dit Sit Rachida.

Boutros me souriait. Je souriais aussi. Furtivement, je regardais sur ses genoux la boîte de friandises, avec son papier glacé et son nœud rose ; je savais qu'elle serait pour moi. Le cocher s'était arrêté sous les arbres. Il était descendu de son siège et offrait dans sa paume ouverte deux morceaux de sucre au cheval, il l'appelait « mon frère ».

« Mange, mange, mon frère ! disait-il.

— Pour votre robe de mariée, j'assisterai aux essayages, dit Sit Rachida. Comme une sœur aînée. Oui, c'est ça, à partir de maintenant, je suis votre sœur. Appelez-moi Rachida. »

*
* *

Au retour, je me laissai aller au balancement de la voiture. A travers ma robe, le soleil me brûlait les genoux. Les rues n'étaient pas encombrées, le cheval gardait une allure régulière. Mais dès l'entrée dans la ville, on entendit un murmure indistinct qui semblait venir de loin. Le cheval trottait toujours. Soudain, des cris se mêlèrent au murmure. Ràchida demanda au cocher ce que cela pouvait être, mais celui-ci haussa les épaules.

Devant nous, la rue était toute droite. Elle tourna brusquement à gauche, et le bruit prit alors une ampleur singulière. Des hommes couraient sur les trottoirs, on se trouva au milieu d'un encombrement d'autos, de gens et de charrettes, et le cocher dut tirer sur les rênes du cheval pour l'arrêter. La voiture eut une secousse subite. Rachida prit peur et poussa un cri. Elle se cramponna à mon bras, elle répétait tout haut : « Vierge... Vierge Marie !... »

Les gens se poussèrent pour mieux voir. De toutes les fenêtres, des visages se penchaient, curieux ou apeurés. Boutros, ne sachant quelle attitude prendre, se mit à insulter le cocher qui passa sa rage sur le cheval. Mais ce dernier se raidit.

Le cheval avait dominé sa torpeur et s'était dressé sur ses jambes arrière. Il remuait brutalement la queue et il essayait de sortir de son harnachement. Je m'étais raidie moi aussi, les mains appuyées sur le siège du cocher. Je voyais le cou du cheval tendu de veines comme des cordes. Mes muscles se crispaient. Le cheval hennissait en se cabrant. On l'aurait dit en face d'un danger. Le cocher perdit le contrôle de la bête et sauta à terre pour le saisir par le mors.

La foule s'agitait, elle venait des autres rues pour se joindre à l'attroupement.

« Que se passe-t-il ?

— Peut-être un accident ?

— Ou un attentat ? »

J'entendais des questions qui, confusément, se croisaient. Les plus entreprenants se frayaient un passage avec les coudes pour mieux voir au loin. Une fumée grise s'éleva au bout de la rue. D'où venait-elle ?

J'étais descendue de voiture, suivie de Rachida et de Boutros qui se tenaient par le bras. Je les avais quittés très vite pour me joindre à la foule. Il n'y avait plus ce voile qui me protégeait de dehors. Je sentais un appel de détresse surgi de loin, l'idée que je pouvais faire quelque chose me poussait en avant. Plus rien ne me retiendrait.

J'avançais dans la masse aux mille têtes. Il fallait que je marche pour arriver au centre de cette foule. Il s'y passait quelque chose. Sûrement il s'y passait quelque chose !

Près de moi, j'entendais qu'on parlait d'un homme. Quelqu'un dit qu'on l'avait vu courir peu de temps avant et que ses vêtements sentaient l'essence. C'était donc vers lui que j'avançais. Je n'avais pas le temps de poser des questions. Il fallait se presser. Mon impassibilité m'avait quittée, mon souffle était nerveux.

« C'est un fou ! dit une voix.

— Un révolutionnaire ! » dit une autre.

J'avançais toujours. Des voix venaient de partout. Je les recueillais au passage, et en même temps je jouais des coudes dans la crainte d'arriver trop tard. Quelqu'un dit que l'homme avait mis le feu à ses vêtements et qu'il brûlait maintenant comme une torche. Il était au centre de la rue. Il avait mis le feu à ses vêtements imbibés d'essence, il voulait en finir.

« Un fou !... Il n'y a pas assez d'asiles !... » dit une femme.

Une autre dit que le suicide par le feu devenait une chose trop courante. Le revolver, c'était bien plus simple.

« Un revolver, c'est trop cher ! coupa une voix.

— Il ira en enfer ! Pour lui l'enfer ! » hurlait quelqu'un, qui aurait pu être Rachida.

J'avançais toujours. Il faisait chaud. Je me frayais un passage entre les autos, les bicyclettes immobiles et ces gens serrés les uns contre les autres, qui continuaient à s'interroger. L'homme qui brûlait avait sept enfants en bas âge, et sa femme venait de mourir. Quelqu'un dit que c'était un lâche. Et puis de nouveau une voix hurla : « Il brûle comme une torche ! » Et les mots se perdirent dans les murmures de la foule.

J'écoutais, j'avançais toujours, j'essayais de deviner les traits de cet inconnu qui se donnait la mort.

« Il n'a pas de travail !

— C'est un fainéant !

— Un fainéant ! Un bon à rien ! »

Les voix montaient ensemble ou se coupaient. Chacun avait son mot à dire. Ils disaient que cette ville était infestée de mendiants. Les mots venaient parfois de loin, se passaient de bouche en bouche. Ceux qui étaient les plus proches de l'homme criaient : « Il brûle comme une torche. Il se démène. Il hurle : "Que tous me voient !... Que tous me voient mourir !". »

J'avais perdu Rachida et son frère, et j'avançais avec peine. Quelqu'un pleurait près de moi. Tout d'un coup, je fus poussée en arrière : « Reculez... Reculez », criait-on. Une femme s'évanouit. Des gens s'inquiétaient de savoir si le feu risquait de se propager.

La foule m'empêchait d'avancer et pourtant je savais que je devais être là-bas près de cet homme qui mourait. Je voulais laisser derrière moi ceux qui pleuraient. A quoi servent les larmes si on meurt seul ?

Il ne fallait pas que cet homme mourût seul. Je marchais vers lui avec une espèce de rage. J'entendais en moi l'appel de l'homme. « Que tous me voient mourir ! »

Cette mort, qui se voulait frappante et paralysait le ridicule mouvement de la ville, s'éteindrait dans les cœurs bien avant que le jour ne finît. Peut-être ne l'ignorait-il plus ?

Je voulais m'approcher, pour ôter de lui cette pensée, être ce dernier visage qui l'aurait compris. Mourir ensuite serait plus facile. Personne ne voudrait donc jamais comprendre ce que mourir veut dire, et pourtant quelle autre certitude y a-t-il ? S'ils comprenaient, ils arrêteraient leur farce, et il n'y aurait plus ce grand filet d'indifférence sur le monde dans lequel se perdent les meilleurs.

Alors, avant que je n'aie pu approcher, quelqu'un cria : « C'est fini. » Je le voyais pourtant, cet homme, comme si j'avais été à ses côtés. Il se décrochait comme d'une corde et tombait comme un amas de linges calcinés.

On emportait les seaux d'eau. Des voix de femmes se lamentaient. On entendait le vrombissement d'une auto de police. Il fallait débarrasser la rue. Les agents se démenaient, bientôt on pourrait circuler.

Je sentis une main sur mon épaule, et la voix sèche de Rachida : « On te cherchait partout, disait-elle... Quelle fin de promenade ! Il a voulu brûler, eh bien ! il en aura des flammes, et pour l'éternité ! » J'aurais voulu mordre cette main osseuse qui encerclait mon bras. Boutros me prit l'autre coude et ils m'entraînèrent, tous deux, vers la voiture.

J'étais reprise dans ce qu'ils appelaient la vie. J'avançais entre Boutros et Rachida, encadrée par Rachida et Boutros. La foule s'était éparpillée, les voitures reprenaient leur route, et nous vîmes le cocher qui nous faisait signe de sa main enveloppée d'un linge.

« Par ici, par ici !... » criait-il. Quand nous fûmes près de lui, il se mit à se plaindre et nous expliqua que le cheval l'avait mordu à la main. Il n'y comprenait rien : quelle rage soudaine avait eue cette bête ? « Un cheval si docile ! »

Nous nous assîmes tous les trois sur le siège arrière. La voiture bifurqua dans une ruelle et prit un raccourci pour aller vers la maison. « La Vierge était avec nous, disait Rachida. Nous aurions pu être renversés !... » Et Boutros l'approuvait en se signant.

Je ne disais rien. La tête baissée pour chercher le souvenir de ce mort, je me retrouvais moi aussi. Nous étions deux morts, deux suicidés, cet homme et moi. Sa mort brutale et ma mort lente me tournaient dans la poitrine, et je me penchais pour nous veiller, lui et moi.

La maison était là, je descendis de voiture, je dis au revoir à Boutros, au revoir à Rachida, mais rien de cela n'avait plus d'importance. Boutros me tendit la boîte de friandises. Je dis « merci ». Je tenais la boîte contre moi. J'entendis le trot du cheval, la voiture était repartie.

Mes larmes coulèrent enfin. Elles transperçaient le papier glacé qui recouvrait le cuivre doré de la boîte sur lequel dansaient des angelots en émail. J'étais dans le jardin. Je gravis les marches. Zariffa m'accueillit à la porte et dit :

« Les larmes de joie d'une fiancée sont comme le miel ! »

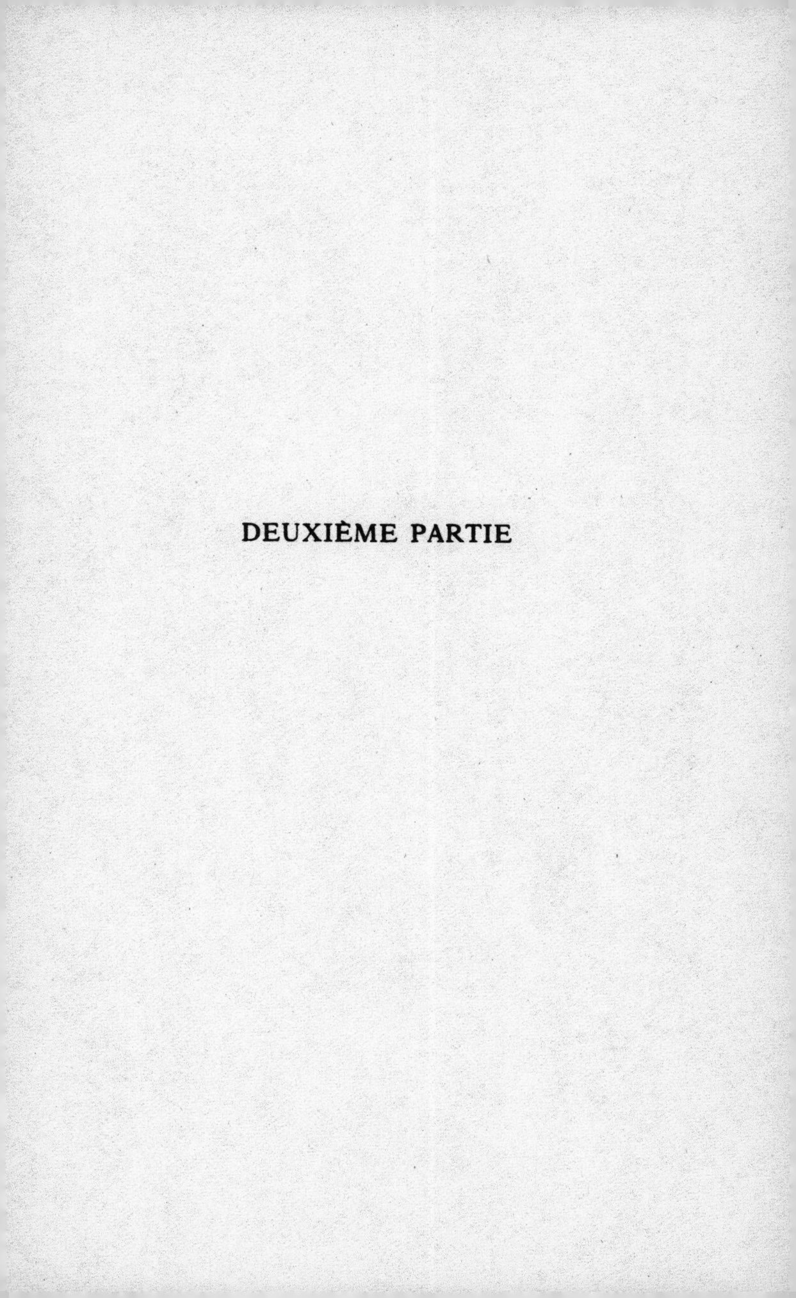

DEUXIÈME PARTIE

V

C'était le jour de notre mariage. Nous étions venus par le train. Le cocher Abou Sliman nous attendait à la gare pour nous emmener à l'intérieur des terres. Je portais encore ma robe de satin blanc.

Par le raccourci, on débouchait très vite dans la campagne. Elle s'étendait en lignes plates, brisées parfois par le mât d'un voilier. Les arbres, penchés à fleur d'eau, se laissaient toucher par la brise. Boutros posait des questions au cocher.

La route se poursuivait. Elle traversait le pont, s'engouffrait dans les champs, pareille à un ruban de cendre perdu entre des espaces verts. Plus loin, elle bifurquait pour passer entre les rangées de jeunes bananiers et devenait un chemin caillouteux qui secouait la voiture. Elle déboucha enfin entre deux maisons qui se faisaient face, et Boutros, indiquant de la main celle de gauche :

« C'est notre maison ! dit-il. Voilà la clé, monte au second étage. Je te rejoindrai après avoir vu les employés du bureau. Fais-leur un signe de tête en passant. »

Les cinq employés nous attendaient devant la porte. Ils chuchotaient en se frottant les mains pour se donner une contenance. Le voile entre les bras, la couronne de fleurs d'oranger autour du poignet, j'avançais à petits pas, entravée par ma jupe. Je dis bonjour à tous. L'un d'eux avait une verrue énorme au coin de l'œil. Ils répondirent à mon salut, et puis se tournèrent vers Boutros pour le féliciter.

A l'église, ce matin-là, le prêtre m'avait donnée à cet homme. Il nous avait bénis tous les deux comme si nous étions faits l'un pour l'autre. Il s'était contenté de mon « oui » pour me donner à cet homme avec des mots qui enchaînaient éternellement. Comme il s'était peu soucié de moi et de ses propres paroles, si lourdes à porter ! Il nous avait enchaînés, il nous avait bénis tous les deux, et jusqu'à la quatrième génération, les enfants de nos petits-enfants ! Et puis, il était parti avec des gestes solennels.

J'appartenais à cet homme qu'on m'avait

imposé et sa voix dure m'atteignait depuis le seuil. Je l'entendais qui demandait aux employés si tout allait bien et si rien ne s'était passé durant son absence.

J'étais dans l'escalier et je montais vers la porte de cet homme, vers sa chambre, vers son lit. Je montais péniblement. La soie de ma robe me collait aux jambes. Je montais péniblement, comme prise entre la chambre et cette voix. Il n'y avait pas de fenêtre dans l'escalier, rien qu'une lucarne aux vitres sales. Rien qu'une lucarne et, soudain, ce rire d'enfant.

Ce fut comme si on me secouait des grelots en plein visage. Je cherchai l'enfant et la trouvai accroupie à l'angle du palier. Elle avait des yeux d'un noir épais et un mouchoir rouge lui descendait très bas sur le front. Le nez, les joues, la bouche, le menton se perdaient dans son rire. Elle riait de moi, elle riait de se trouver là, elle riait d'avoir été surprise. C'était si bon, ce rire, que j'y mêlai le mien.

Mais l'enfant était déjà debout. Elle me poussa pour descendre et dévala les marches sans se retourner. Elle emportait nos deux rires le long de l'escalier, jusqu'à la porte ouverte, pour disparaître.

Plus tard, la lune devint claire. Sa pâleur s'attachait aux contours des choses. Elle facilitait ce pouvoir d'absence qui me permettait de m'isoler de cet homme étendu à mes côtés.

Parfois mes dents se serraient. Mais bientôt la nuit m'attirait encore avec ses rayons jaunis qui ôtaient à chaque meuble le poids de sa journée. La longue fenêtre qui donnait sur le balcon s'ouvrait sur trois étoiles. Elles étaient si proches qu'en tendant le bras j'aurais pu les faire tomber dans ma paume. Leur chaleur m'aurait sauvée de la panique qui me saisissait lorsque je retombais près de cet homme suant, soupirant, en proie à des gestes qu'il me faisait haïr et que je me regardais subir avec une lâcheté qui me répugnait.

Alors, j'essayai d'imaginer la campagne qui nous entourait, celle que je ne quitterais plus jamais. J'essayai de l'aimer à travers cette nuit qui entrait par ma fenêtre entrouverte. Le ciel, malgré son obscurité, avait une transparence étrange faite de voiles superposés, en attente du premier vent. Les ressorts du lit grinçaient. Je ne voulais penser qu'à la nuit baignée d'étoiles et de lune. A la douceur de cette nuit qui glissait dans ma chambre. Le lit grinçait, le corps se tournait et se retournait avec des soupirs bruyants qui détruisaient le silence. De nouveau face à lui, je serrais si fort les dents qu'il me semblait que mon visage allait éclater.

Mais un chant fluet comme des fils de soie me délivra et je reconnus la voix de la fillette qui avait ri dans l'escalier : « Nuit, ô ma Nuit !... » chantait-elle.

La même fillette que j'avais trouvée blottie sur le palier, je l'imaginais maintenant le dos appuyé contre la façade, la tête rejetée en arrière, et sa chanson montait et retombait en cascade le long des murs. La nuit était trop belle et la fillette avait dû quitter sa couche pour venir l'admirer. « Nuit, ô ma Nuit !... » chantait-elle. Sa voix mouillait la pierre brûlée par le soleil. Comme des gouttelettes, ses mots s'égrenaient dans ma chambre, l'élargissaient, la détachaient d'entre ses murs et l'emportaient dans la nuit. Elle flottait, ma chambre, dans la sereine campagne, loin du lit où je me trouvais, et dont j'oubliais l'affreux grincement.

« Fille de chien !... Fille de chien !... Je lui apprendrai à empêcher les gens de dormir !... » Boutros s'était dressé sur son coude et s'était mis à crier. Fébrilement, il écartait les couvertures, pour sauter hors du lit : « Je lui apprendrai !... » répétait-il. Sa voix écrasait la chanson dont j'entendais parfois une note insouciante et fraîche.

Avant qu'il ait pu bouger, j'étais au pied du lit.

« Laisse, j'y vais... Nous n'entendrons plus rien ! »

Déjà près de la fenêtre, je fermais les volets.

« Elle ne perdra rien pour attendre, continuait-il, c'est moi qui te le dis ! »

Les fenêtres closes, je tirai les rideaux. La chanson continuait à me parvenir pourtant, mais comme un souffle. Je la savais vivante et j'avais l'impression de l'avoir protégée d'une menace. Soudain, le rire gras de Boutros.

« Alors, toi aussi, elle te dérangeait ? Viens, rassure-toi, la nuit est encore longue ! »

La vraie nuit, je l'avais jetée hors de ma chambre, avec ses étoiles et sa chanson d'enfant. J'étais toujours près de la fenêtre et Boutros m'appelait :

« Par ici, par ici... disait-il. Dépêche-toi, qu'est-ce que tu attends ? »

Ce que j'attendais ? L'impossible. Peut-être la fin du monde. Mes pieds nus collaient au sol, j'essayais de gagner du temps, je répétais : « Il fait très noir, je n'y vois rien », et il s'impatientait : « Dépêche-toi ! »

Quand je fus au bord du lit, j'hésitais toujours. D'un geste brusque, il m'encercla les hanches et me fit tomber à ses côtés. Le lit grinçait plus que jamais.

Mes dents se plantèrent si fort dans ma lèvre que je sentis au coin de ma bouche le goût tiède du sang.

*
* *

Le lendemain, j'allai sur mon balcon pour apercevoir la campagne. Elle entourait la maison d'en face, celle du propriétaire absent. C'était une campagne très plate et qui émergeait de l'aube avec langueur.

Le long des sentiers, des hommes en file, une bêche sur l'épaule, avançaient comme un ruban gris. Les arbres, coiffés d'une boule de feuillage, ressemblaient à des piquets que déracinerait le premier vent. Le jeune soleil jouait entre les terres vertes, s'éparpillait dans l'eau stagnante des canaux et s'attachait à certaines pierres. Aucun vallonnement n'arrêtait le paysage, qui se poursuivait sans heurt jusqu'à l'infranchissable mur d'un ciel trop bas.

Ma vie, comme cette campagne, s'étalait devant moi. Ma vie inévitable. Que pouvais-je en faire ? Il fallait cesser de se plaindre. Les maternités viendraient, l'une après l'autre, m'ôter le souci de moi-même. J'y songeais comme à un refuge, et je frémissais en même temps à la pensée de l'enfant qui naîtrait de ces nuits où le désir d'être morte défigurerait mon visage.

« Il faut prendre les choses comme elles viennent ! » disait, au pensionnat, Joséphine. J'aurais bien voulu. Je défis mes valises, j'ouvris les armoires pour suspendre mes vêtements. Mes livres étaient empoussiérés d'avoir séjourné dans le débarras, depuis la mort de ma mère ; je les époussetai avant de les placer sur les rayons. Je rangeai mes objets, je cherchai un endroit pour les malles vides. Quelqu'un frappa à la porte.

Avant que je n'aie pris le temps d'aller ouvrir, deux femmes, dans leurs robes et leurs voiles noirs, étaient au milieu de la pièce :

« Je suis Om el Kher, dit la plus âgée, voici ma fille Zeinab !... Comme nous faisions pour ta belle-sœur Sit Rachida lorsqu'elle habitait avec le bey, nous t'apporterons tous les jours les légumes et les œufs... »

Je les remerciai et pris le panier qu'elles me tendaient. Mais elles restaient figées sur place et me dévisageaient. Je sentais qu'elles auraient aimé me prendre dans leurs mains comme on ferait d'un jouet neuf. Qu'elles auraient voulu me tourner, me retourner entre leurs doigts, tâter l'étoffe de ma robe et mes cheveux. D'un geste gauche, je déposai le panier à terre, près de la table où se trouvait une boîte que je leur tendis, en disant :

« Tenez, c'est pour vous, mangez ces dragées !... »

Elles reculèrent, puis elles minaudèrent en les refusant : « Non, non, c'est pour toi », disaient-elles d'une même voix. J'insistai. Elles approchèrent et touchèrent la boîte, mais de nouveau : « Non, non, c'est pour toi !... Pour toi et le bey. Qu'Allah vous bénisse, vous fasse la vie longue ! »

Comme elles hésitaient toujours, je leur versai les dragées dans les mains. Elles se confondirent en remerciements, rirent de confusion. Puis elles glissèrent les dragées dans leurs robes et s'amusèrent longtemps du bruit de cailloux qu'elles faisaient au fond de leurs poches.

Om el Kher dit quelque chose à l'oreille de sa fille et elle se mit à tirer avec force sur son corsage, pour en décrocher une épingle double avec une pierre bleue.

« Tiens, me dit-elle. Elle est pour toi. Pour te garder du mauvais œil. Pour toi et le bey ! »

Ce fut à mon tour d'être confuse.

« Quarante ans que je la porte », continuait-elle. Depuis le jour de mon mariage. A présent, je suis trop vieille pour être enviée, tandis que toi ! »

L'épingle rouillée avait laissé deux trous dans la trame du tissu qu'elle essayait de combler en frottant autour avec son ongle. Elle m'aida ensuite à épingler la pierre sur ma blouse, et ajouta avec un soupir de soulagement :

« Oui, bien en évidence. Pour qu'elle fasse honte à l'œil mauvais. »

Je me jetai dans ses bras pour lui prouver ma reconnaissance. Om el Kher me pressa contre elle, sa robe dégageait une odeur de terre et de henné. Je sentis un grand calme et, à la pensée de ces moments qui sont comme des ponts jetés entre les êtres, je me dis que peut-être rien n'était perdu.

« Alors !... dit Om el Kher. Te voilà heureuse !... »

Elle était devenue familière et me donnait des petites tapes amicales sur l'épaule. Puis, les mains posées sur les hanches, elle attendit mes confidences. Zeinab approuvait chaque geste de sa mère par un hochement de tête. Un peu plus tard, elle aperçut le couvre-lit en satin rose et sans le quitter des yeux s'en approcha lentement.

« Alors, te voilà une épousée... » continuait Om el Kher. C'était à moi de parler et, tandis que j'inventais pour elle, comme je l'avais fait pour mes compagnes de classe, une joie que je ne connaissais pas, Zeinab frottait ses mains sur le devant de sa robe pour les débarrasser de leur poussière. Elle les posa ensuite sur le satin luisant et des frissons lui remontèrent jusque dans la nuque.

« J'avais douze ans quand il m'a aperçue pour la première fois. J'allais à l'école, j'étais trop jeune pour qu'il me demandât à mon père.

— A l'école ?... dit Om el Kher. Tu sais donc écrire et lire comme les employés du bureau ?

— Oui.

— Ce n'est pas pour t'offenser, reprit-elle, mais à quoi cela va-t-il te servir ? »

Je me le demandais aussi, mais, ne sachant quoi répondre, je continuai : « Il m'écrivait toutes les semaines. Les jours de fête, il m'envoyait des fleurs ! »

Je parlais, je parlais, j'oubliais Boutros. Zeinab se désintéressa du couvre-lit et fit quelques pas vers moi. Je racontais mon mariage et le désespoir de mon père à l'idée de mon départ. Je mentais. Je disais avec quelles paroles émouvantes mes cinq frères m'avaient confiée à mon mari. Om el Kher et Zeinab s'approchèrent en me dévorant des yeux. Mes mensonges transformaient le visage bouffi de Boutros, l'œil dur de Boutros, le corps lourd de Boutros, instable sur des pieds ridiculement petits et qu'il tenait toujours un peu écartés.

L'image d'un autre, que je ne connaissais pas, m'envahissait, elle était partout dans la chambre jusqu'au moment où la poignée de la porte se mit à tourner et une voix se fit entendre :

« Les femmes encore ici ! Allez, ouste ! Vous fatiguez Sit Samya. Allez, ouste ! A vos maisons !... »

On aurait dit des fillettes prises en faute. Elles ramassèrent leurs jupes autour d'elles, et sans prendre le temps de me saluer, elles disparurent avec un murmure craintif.

Je regardai Boutros. Les mots se séchaient sur mes lèvres. A mon corsage, il remarqua la pierre bleue.

***

Ce premier jour me resta dans la tête. Je me souviens, peu après, de l'arrivée d'Abou Sliman, le cocher. En entrant, il me salua avec déférence et passa dans la pièce voisine.

« Abou Sliman, c'est aussi notre cuisinier, dit Boutros. Il connaît mes goûts... tu n'auras qu'à le laisser faire. Aujourd'hui, reprit-il, j'arrive avant l'heure, exceptionnellement !... Ce n'est pas tous les jours qu'on se marie ! »

Il s'assit dans le fauteuil vert, sortit de sa poche un collier d'ambre, et se mit à faire glisser les grains entre ses doigts. Sa calotte rouge était penchée très en arrière, à la limite de l'équilibre, pour dégager le front sur lequel perlaient toujours des gouttes de sueur. Boutros pesait de tout son poids sur le fauteuil, il avait les talons au sol et la pointe des pieds dressée. Sa main gauche égrenait les cailloux d'ambre polis, en faisait le tour, recommençait sans cesse.

« Je n'ai pas pu découvrir le nom de cette fille, dit-il.

— Quelle fille ?

— Cette fille qui s'est mise à chanter sous nos fenêtres la nuit dernière. Mais on me le dira. J'irai faire un tour au village cet après-midi et je le saurai. »

Je lui demandai de ne plus y penser, ce n'était pas grave, et nous n'avions qu'à fermer les fenêtres.

« Fermer les fenêtres ! » reprit-il. Il ajouta que je perdais la tête et qu'il ne comptait pas se laisser influencer par des caprices. « Cet après-midi, j'irai au village, je trouverai son père, je la ferai corriger. Je te garantis qu'elle ne sera pas prête à recommencer ! » J'insistai encore, mais il était décidé, me dit-il. « D'ailleurs, ce sont des choses qui me regardent, et ne t'en mêle pas ! »

Abou Sliman apportait le plat de riz. Il avait ôté sa jaquette de cocher pour mettre sur sa robe un tablier bleu qui montait très haut et se nouait autour de la taille. Ses yeux d'un gris rieur semblaient ne pas appartenir à son visage bosselé. Il revenait avec des portions énormes que Boutros engloutissait avec un bruit de langue. Ses lèvres, son menton luisaient de graisse.

Abou Sliman se multipliait. Boutros l'appelait pour lui redemander du sel, l'appelait pour se faire verser de l'eau de la carafe qui se trouvait sur la table, l'appelait encore pour qu'il ramassât la serviette qui venait de lui glisser des genoux.

Le temps passait.

C'était l'heure de la sieste et Abou Sliman se dressait sur la pointe des pieds pour faire le moins de bruit possible. Ensuite, il se dirigea vers la fenêtre pour tirer les volets.

A cet instant, des milliers de gestes pareils aux siens préparaient au sommeil qui allait couvrir le pays. Le sommeil s'emparait des villages et des villes. Ceux qui avaient des volets les rabattaient ; les autres, les plus nombreux, se contentaient de leurs paupières durcies. Le sommeil saisissait les nuques. Il les ployait en avant et rabattait les épaules. Il vous octroyait encore ce dernier sursaut de lucidité qui permettait de se lever pour aller s'abattre sur la couche la plus proche.

Boutros, d'une voix pâteuse, insistait, je devais m'étendre à ses côtés. Je résistais à l'engourdissement. Je me faisais étroite pour ne pas le toucher. Lorsque montèrent ses premiers ronflements, sans oser quitter le lit, je me glissai sur le dos pour essayer de me distraire en regardant la chambre.

La chambre tournait dans une demi-lueur avec ses fleurs mauves, son plafond bas, avec ses meubles couverts de bibelots et sa poussière. Elle tournait, ma chambre, et, toujours la même, elle confondait ce premier jour avec les jours à venir. Une boule ronde sans issue, elle tournait, traçant des cercles qui se pressaient parfois autour de mes tempes.

***

Il fallait s'habituer à cette chambre.

Les journées à venir attendaient devant ma porte, serrées comme des écolières au teint de cire. Comment essayer de me libérer de leurs visages monotones et de leur donner une chaleur ?

J'y pensais si fortement que l'envie de vivre malgré tout me donna un sursaut d'énergie. Je voulais recréer ma chambre en changeant les meubles de place, en retirant les immortelles du vase de grès, en me débarrassant des bibelots. Je brossais les fauteuils, je rêvais d'étoffes vives pour les parer, je repensais à Om el Kher avec son odeur de terre et de henné : « Ce n'est pas pour t'offenser, disait-elle, mais à quoi cela te servira-t-il de savoir lire et écrire ? » J'apprendrais à lire aux petits du village, aux grands aussi. Je me voyais, comme les mères voient leurs enfants, semblables et détachés d'elles-mêmes.

Lorsque Abou Sliman apparut pour préparer le dîner, j'étais presque heureuse. « Écoute, lui dis-je, avant de commencer, va donc me chercher des fleurs. Tu cueilleras des branches de toutes sortes, le plus que tu pourras ! »

Il revint les bras lourds et je mis les branches et les fleurs dans des verres, des bouteilles, des vases.

Abou Sliman apparut à la porte, portant un poulet, à moitié déplumé, il souriait : « C'est beau toutes ces branches... dit-il. C'est beau ! Je n'y aurais pas pensé tout seul. »

Il repartit, le poulet à bout de bras, se

retourna encore pour dire : « C'est beau ! On se croirait dans les champs ! » Puis il disparut. J'entendais le bruit sec du Primus, et l'odeur de cuisine envahissait tout.

A l'entrée de la chambre, j'avais décroché le rideau de velours, je détestais son contact. J'avais ouvert les fenêtres. La lumière jouait sur les murs, sur les meubles nus, entre les feuilles. La tête d'Abou Sliman surgissait parfois par l'entrebâillement de la porte, elle avait le même sourire.

La chambre devenait ma chambre.

En fin d'après-midi, Boutros arriva ; il m'embrassa sur le front :

« J'ai trouvé la coupable ! dit-il.

— La coupable ? »

Mais soudain, il me poussa de côté pour mieux se rendre compte des changements dans la maison. Il écarquillait les yeux. Autoritaire, il appela Abou Sliman, qui arriva en courant, son tablier encore parsemé de plumes de volaille.

« Fils de chien ! hurlait Boutros. Qu'as-tu fait de ma maison ? »

Je reculai de quelques pas pour dire : « Ce n'est pas Abou Sliman. C'est moi ! C'est moi qui ai tout fait... »

Il ne prêta aucune attention à mes paroles. « Est-ce une insulte à moi et à Sit Rachida, vaurien ?

— Mais, mon bey... »

Boutros fit un geste du bras comme pour le battre. Je le suppliai de m'écouter, et lui répétai qu'Abou Sliman n'y était pour rien.

« Toi ! dit-il, rentre dans ta chambre. Ceci est mon affaire, ne t'en mêle pas ! »

J'allai vers ma chambre et mes jambes chancelaient.

« Ferme la porte derrière toi !... » hurlait-il.

Sa voix montait toujours, ponctuée par la voix maigre du cuisinier. « Mais, mon bey... »

Je collai mon oreille au battant pour entendre.

« Remets tout cela en place, et en vitesse, disait Boutros. Où sont mes bibelots ? Où sont-ils, voleur et fils de voleur ? Et le rideau de velours ? Et les immortelles ? Est-ce que tu as jamais vu des branches dans les maisons, qui fait ça ? Jette-moi toutes ces branches aux ordures, fainéant ! »

J'entendais les armoires s'ouvrir, les bibelots qu'on replaçait.

« Non, pas là, pas là, disait Boutros. La tour, plus à droite, à côté de l'éléphant d'ivoire. »

C'était la tour en bronze doré, je l'avais mise au fond d'un tiroir. J'entendais l'eau qui s'écoulait des vases, le bruit parcheminé des immortelles. « Les fleurs que m'a données ma sœur Rachida, disait la voix de Boutros. Celles-là ne meurent jamais, elles vivent sans eau. Elles sont éternelles ! Tu m'entends ? Tu les avais jetées, fils de bâtard ! »

Abou Sliman ne protestait plus. Il remettait le rideau sur les anneaux rouillés. Ma chambre n'était plus ma chambre, elle cédait la place à l'autre avec sa vieille odeur. Je n'étais pas semblable à ces immortelles qui pouvaient vivre sans eau. J'étais vulnérable et la sécheresse ferait de moi une morte.

J'avais l'oreille collée au battant de la porte tandis que ma chambre se déformait, tandis qu'Abou Sliman était insulté par ma faute, et que Boutros, déjà assis dans son fauteuil vert, tournait entre ses doigts le collier d'ambre, en attendant le moment de se mettre encore à table.

* * *

« Alors, reprenait Boutros, je te disais que j'avais trouvé la coupable ! »

Nous étions autour de la table ronde. Abou Sliman revenait avec ses plats. Je n'osais plus le regarder.

« J'ai été au village, continuait Boutros. Personne n'a voulu parler. Personne n'a voulu dire qui avait chanté... J'étais sûr qu'ils le savaient tous. J'ai questionné l'aveugle, il n'a rien dit, lui non plus... Et il savait ! L'aveugle sait tout, les femmes lui font leurs confidences !... Alors je les ai menacés de faire venir des filles d'ailleurs pour la cueillette, et je suis parti. Bahia m'a poursuivi en larmes, elle répétait "c'est moi !". Une nièce d'Abou Sliman. De la mauvaise graine. Son père, devant moi, lui a donné une correction ! »

Je détestais Boutros. Ma haine s'ajoutait à mon dégoût. Je le voyais, lui, et tous les Boutros du monde, compassés dans leur demi-autorité. Ils réglaient les destinées, ils écrasaient les plantes, les chansons, les couleurs, la vie elle-même ; et ils réduisaient tout à la mesure rabougrie de leur cœur. Tous les Boutros qui avancent prudemment et qui étouffent les flammes. Mais un jour viendrait...

Boutros mangeait en faisant claquer sa langue. Abou Sliman desservait, ranimait la lampe à pétrole.

... Un jour viendrait où les flammes feraient place au feu. Nos filles, nos filles peut-être ne seront plus semblables à ces mousses qui végètent autour des troncs morts. Nos filles seront différentes. Elles surgiront de cet engourdissement qui m'enveloppe lorsque j'entends la voix de l'homme : « J'ai déjà eu des ennuis avec cette Bahia. Mais les coups font leur effet. Pourquoi ne réponds-tu pas ? C'est bien, tu as raison, ce sont mes affaires ! Ne t'en mêle pas ! »

Abou Sliman ôtait la nappe blanche, la remplaçait par une autre, enchevêtrée de fils de soie. Il posa la lampe au centre de la table et prit soin de pousser le piston, une ou deux fois, pour rendre à la lumière toute sa vigueur. Puis il disparut pour revenir, peu après, avec deux paquets de cartes écornées.

« Tu sais jouer ? demandait Boutros.

— Non...

— Alors, regarde-moi faire des patiences... »

La lampe grésillait, donnait un éclat cru presque insoutenable. Boutros étalait les cartes les unes à la suite des autres. « Le rouge sur le noir, disait-il, tu vois, c'est simple et ça fait passer le temps. Je fais des patiences tous les soirs ! »

Son collier d'ambre gisait près de son coude, avec ses grains orange encore chauds du contact de ses doigts. « Passe-moi le valet de trèfle !... ah, je crois bien qu'elle réussira... »

Abou Sliman revenait avec le café. Boutros sirotait avec bruit. Quand il eut déposé sa tasse, une traînée de marc lui collait aux lèvres. « Cette fois, je sens qu'elle réussira », reprenait-il.

Je restai avec mollesse à ses côtés et lui tendis la carte qu'il demandait. Je me soumettais à l'ennui.

« Non, non, disait Boutros. C'est la dame de carreau que je veux. Tu vois bien, rouge sur noir. Noir sur rouge. Série pique, série trèfle, série cœur... »

Ma vie s'émiettait sur cette table de réussites, elle s'en allait de moi jour après jour. Je m'étiolais ; si peu semblable à ces immortelles !

« Elle a réussi... Elle a réussi !... criait Boutros. Je le savais bien. Ramasse toutes les cartes. Nous allons recommencer ! »

VI

Le premier mois passa lentement. Dans la journée, je regardais Abou Sliman qui tenait son plumeau d'une main molle, un objet insolite au bout du poignet. Il s'était tissé autour d'Abou Sliman une trame serrée d'habitudes dans laquelle il se mouvait, l'œil absent. Son visage gardait un aspect rocailleux et tragique, comme si toute la douleur du monde s'y était acharnée ; son œil ne semblait pas lui appartenir. Je ne lui parlais plus, j'osais à peine m'approcher de lui. Souvent, lorsque j'entendais son pas, je passais dans la chambre voisine. J'étais certaine qu'il m'en voulait, à cause de cette scène que Boutros lui avait faite et dont j'étais responsable.

Om el Kher, suivie de sa fille Zeinab avec son cageot de fruits et de légumes, venait tous les deux jours. Elles me saluaient avec déférence et me souhaitaient un jour béni. Om el Kher énumérait rapidement les choses qu'elle avait apportées, me souhaitait à nouveau un jour béni, et disparaissait aussitôt, suivie de Zeinab qui n'avait pas parlé. Elles aussi, je les avais perdues. Et Bahia ? Bahia, qui ne chantait plus jamais sous mes fenêtres.

A cause de tout cela, visiter le village me semblait impossible. Je le désirais pourtant. Et cet aveugle dont Boutros avait parlé, je désirais le connaître. Un matin, lasse de tourner entre mes murs, je décidai d'aller marcher dans la campagne. Je pris le chemin opposé au village, celui qui partait droit jusqu'à heurter l'horizon.

Il y avait un ciel bas, un ciel à parois, alourdi d'un soleil opaque. Je me pressais, encore plus solitaire à cause de cette haine que j'imaginais dans le cœur d'Abou Sliman, d'Om el Kher, de Bahia. Je ne pouvais oublier les humiliations qu'ils avaient subies. Je me pressais pour mettre de la distance entre le village et moi. Le chemin coupait les terres en deux. Il était bordé d'arbres au feuillage maigre qui donnaient un semblant d'ombre. Le soleil me brûlait la tête. J'avançais en regardant devant moi. Puis une voix m'appela :

« Sit... Ya Sit ! »

Je me retournai et reconnus Om el Kher massive et noire, les deux bras tendus et qui me faisait signe d'approcher. J'hésitai un moment et soudain je me mis à courir vers elle sans même me demander ce qu'elle voulait. Quand je fus à ses côtés, elle laissa tomber les bras d'un air embarrassé et dit : « Viens au village ! Je voudrais te faire goûter mon pain ! »

Sans attendre de réponse, elle me précéda pour m'indiquer le chemin. On sentait que le fait de m'appeler lui avait pris tout son courage. Elle marchait maintenant sans me regarder, et semblait uniquement préoccupée de la route à suivre. Ensuite, ce fut un flot de paroles :

« Ce n'est pas pour me vanter, disait-elle, mais mon pain, c'est le meilleur pain du village ! Le pain d'Om el Kher ! » Elle tourna la tête vers moi, et se mit à rire d'un rire nerveux et bref. « Le pain d'Om el Kher, reprit-elle, c'est comme cela qu'on l'appelle. Je voudrais te le faire goûter. Le bey a-t-il aimé la pastèque que je vous ai apportée hier ? J'avais fait une entaille au couteau pour être sûre qu'elle était bien rouge... Tu vois, dit-elle, en se retournant à nouveau vers moi, cet arbre, c'est un manguier. Lorsque les fruits seront mûrs, je t'en apporterai. Pour savoir si une mangue est bonne, il faut lui tâter le ventre, qu'il ne soit ni trop mou, ni trop dur, comme le ventre d'un nouveau-né. »

J'aimais entendre parler Om el Kher, j'aimais ses gestes. Près d'elle, on se sentait à l'abri. « Tu portes toujours la pierre bleue », dit-elle en l'apercevant sur ma blouse. Je ne croyais pas aux pouvoirs des pierres, mais pourtant jamais je ne me séparerais de celle-ci. « Tu auras un fils ! Aussi vrai que je te vois, tu auras un fils ! » continua-t-elle.

Le village était derrière le rideau d'arbres, peu après l'allée des jeunes bananiers. Leurs branches folles, liées entre elles par de vieux morceaux d'étoffe, les faisaient ressembler à des fillettes dont on aurait amassé les cheveux crépus tout en haut de la tête. « Ton fils poussera en même temps que ces bananiers, dit Om el Kher. Quand il aura trois ans, il mangera de leurs fruits ! »

Le village était là ; il ressemblait à un pâté de boue. Aucune porte ne s'ouvrait sur la campagne ; elles donnaient, à l'intérieur, sur une ruelle poussiéreuse. Les toits étaient couverts de débris de toutes sortes, de paille et de ferraille.

« Il y a longtemps que je te guettais, dit Om el Kher. Ta visite sera un grand bonheur pour le village !

— Tu sais, lui répondis-je, moi aussi je voulais venir, mais depuis que le bey s'est fâché, j'avais peur que...

— Oui, oui », dit Om el Kher, et elle marcha plus vite. Mes explications la mettaient mal à l'aise. « Oui, je sais, tu avais beaucoup à faire chez toi. Il faut prendre son temps. Toutes les femmes ici voulaient te voir, elles en parlent tout le temps avec l'aveugle. Mais je leur disais qu'il faut prendre son temps ! »

Les maisons étaient jointes l'une à l'autre et, sur leurs seuils, traînaient des enfants déguenillés. Des femmes, accroupies ou debout, s'appelaient, et leurs paroles ressemblaient à des cris. Elles se turent en m'apercevant :

« A cette heure, dit Om el Kher, les hommes sont tous aux champs. Le village appartient aux enfants, aux femmes et à l'aveugle ! »

*
* *

La masure d'Om el Kher était au bout du village, il fallait passer devant toutes les autres avant d'y parvenir.

Les femmes ne disaient plus rien depuis mon arrivée ; elles ouvraient une bouche ronde et se donnaient des coups de coude. Autour des enfants, agrippés à leurs jupes ou à leurs corsages, bourdonnaient des mouches. Les yeux des femmes se fixaient sur ma robe, sur mes cheveux, sur ma poitrine, sur mon ventre. Elles devaient s'inquiéter de savoir si je portais déjà un enfant. Elles n'aimaient pas les femmes stériles.

« Voici Nefissa », dit Om el Kher, et elle s'arrêta devant une vieille femme assise par terre, et qui, de son index, dessinait sur le sable des cercles et des lignes. « A toutes, elle prédit l'avenir. Mais rien de ce qu'elle prédit n'arrive jamais. N'est-ce pas, Nefissa, ma belle ?

— Tu es une vieille folle, Om el Kher ! dit Nefissa. Une vieille folle et une incroyante !

— Incroyante ! Moi ? » dit Om el Kher. Elle protestait, les mains sur les hanches. Elle croyait en Allah, disait-elle. Elle croyait en la Sheikha. La Sheikha, elle, connaissait l'avenir. « Je t'emmènerai chez la Sheikha quand tu voudras », me dit-elle. Puis, s'adressant à Nefissa, elle ajouta : « Eh, Nefissa !... Ne m'appelle pas vieille folle ! Tu entends ? Ne m'appelle plus vieille folle ! Tu as le double de mon âge, tu pourrais être mon aïeule ! »

On sentait tout le plaisir qu'elles prenaient à cette chicane. « Son aïeule ! reprenait Nefissa. Regardez-moi cette vieille fripée !

On dirait que toutes les mains de la terre lui ont pétri le visage ! » et elle se mit à rire : « Et laide, avec ça ! Vieille chauve-souris ! »

Elles riaient toutes les deux. Om el Kher s'était accroupie auprès de son amie. Elles se tapaient dans le dos ; leurs visages se rapprochaient :

« Vieux corbeau !

— Vieux bidon rouillé !

— Écoute, dit Nefissa, puisque c'est la première fois que la dame vient au village, laisse-moi lui dire sa chance.

— Non, non, Nefissa, pas aujourd'hui, une autre fois. Aujourd'hui, elle est venue au village pour goûter mon pain !

— Ton pain ! Ton pain ! Dis plutôt tes grains de sable ! »

Mais cette fois, Om el Kher se fâcha. Ses narines se pinçaient, elle plissait le front.

« Pain de cailloux !... Pain de paille !... Pain de galère ! reprenait Nefissa.

— Encore les aïeules qui se disputent, criaient des voix. Taisez-vous. » Les voix grondaient sans méchanceté. « Vous n'avez pas honte ? On voit bien que les hommes sont aux champs !

— Allons, partons », dit Om el Kher, et elle me fit signe de la suivre.

Nefissa leva vers nous sa figure plate et ridée.

« Que la vie te soit bonne ! me dit-elle. Aussi bonne que le pain d'Om el Kher. Le meilleur pain du village. »

Om el Kher lui sourit alors et, s'adressant à moi, elle dit : « Suis-moi. » Puis elle s'arrêta de nouveau. « Nefissa, c'est de l'or, reprit-elle. Je la connais depuis toujours. Mais, quand tu voudras savoir les choses qui t'arriveront, je t'emmènerai chez la Sheikha. Même l'aveugle croit en la Sheikha. Elle habite le bourg voisin, ça vaut bien qu'on aille jusqu'à chez elle. »

*
* *

Je suivais toujours Om el Kher. « C'est au bout, la dernière porte que tu vois », me dit-elle.

Une femme nous regardait depuis un moment. Liée au mur comme une plante, elle s'y appuyait de tout son corps. La couleur de son jeune visage ressemblait à celle qui l'environnait, boueuse et triste. Ses yeux immobiles demeuraient ouverts ; pourtant la femme ne semblait qu'à moitié éveillée.

« Eh, Ratiba ! Ratiba !... dit Om el Kher en passant près d'elle. Viens saluer l'épouse du bey ! »

Ratiba fit un effort pour se détacher du mur et marcha vers nous d'un pas imprécis.

« Que tes jours soient heureux ! » dit-elle, et un sourire lointain glissa du coin de sa bouche. « Allons, dit Om el Kher. Les choses s'arrangent, les choses s'oublient. Cela ne sert à rien d'y songer sans cesse.

— Je les déteste, dit Ratiba... Je les hais ! »

On voyait ses dents luisantes, on aurait dit que les mots s'y forçaient un passage. Puis, elle serra les lèvres et regarda fixement.

« Tu passes ton temps à redire les mêmes choses, reprit Om el Kher. Il faut oublier. A quoi cela te sert-il de ne pas oublier ?

— Je les hais ! dit Ratiba. Qu'ils crèvent ! Qu'ils crèvent tous les deux !

— Tais-toi, dit Om el Kher. Si les hommes t'entendaient !

— Ça m'est égal ! Il faut qu'ils crèvent. Je le répéterai toujours, il faut qu'ils crèvent ! »

Elle parlait devant moi, comme si je n'existais pas. Son malheur lui collait à la peau. Ma présence, qui éveillait chez les autres une curiosité d'enfant, la laissait indifférente. Elle s'écartait maintenant de nous, en marchant à reculons. Lorsqu'elle sentit derrière elle le mur, elle s'y adossa, en poussant un soupir.

« Elle devient folle ! dit Om el Kher. Peut-être l'est-elle déjà ! C'est la sœur de Sayyeda...

— Sayyeda ?

— Mais oui. (La voix d'Om el Kher se fit mystérieuse.) Tout le monde connaît l'histoire de Sayyeda. Même les journaux en ont parlé ! »

J'eus un moment le désir d'empêcher Om el Kher de continuer. J'avais l'impression que cette douleur de Ratiba ne me quitterait plus. La douleur des autres m'étouffait, elle aussi. Mais Om el Kher ne s'arrêta pas. Elle me raconta ce qui était advenu à Sayyeda. Son père et son frère l'avaient tuée à coups de couteau. Elle était l'aînée de la famille et les avait tous élevés. Elle avait élevé Ratiba aussi. Un soir, on avait aperçu Sayyeda avec un homme près des palmiers. Son père et son frère l'avaient appris. Elle était veuve, Sayyeda, mais être vue avec un homme, cela entache. Le père et le frère ont perdu la tête, ils l'ont tuée ! « Mais Ratiba aime trop sa sœur, elle ne pèse plus les choses. Elle oublie que son père et son frère ont en partie raison. » Dans les villages, les hommes ont approuvé ce meurtre, il lavait l'honneur. Les hommes surtout l'ont approuvé. Les femmes l'ont pris pour un avertissement. « Mais Ratiba ne veut rien comprendre. Son père et son frère ont fui. Elle veut qu'on les retrouve et qu'on les tue. Elle en deviendra folle ! »

Om el Kher parlait avec rapidité comme d'une chose qu'il fallait oublier, ne pas traîner derrière soi. « A mon âge, disait-elle, j'en connais des histoires ! Mais je veux les oublier. Les gens, c'est tout le contraire, quand ils n'ont pas d'histoires à eux, ils vivent de celles des autres. L'histoire de Sayyeda est devenue celle du village. On empêche Ratiba d'oublier. »

Comment aider Ratiba ? Et quelle aide pourrait être d'un assez long secours ? Le monde était à refaire. Ce monde de simulacre qu'on vous impose comme si c'était la vie. Je le sentais confusément. Mais à qui en parler ?

Un enfant s'accrocha à ma jupe. Il avait les cheveux rasés avec une touffe au-dessus du front. « Un millième, disait-il, donne-moi un millième, un seul !

— Fils du péché ! cria Om el Kher. Retourne chez ta mère qui t'apprend à mendier. »

D'autres femmes nous suivaient. Elles se tenaient serrées l'une près de l'autre, leurs vêtements n'en formaient plus qu'un seul. L'une d'entre elles me frappa par son regard clair et ses paupières qui clignotaient. Elle semblait porter tout le rire du village. A la voir s'avancer, en secouant son gros corps, on ne pouvait s'empêcher de sourire. Pour amuser, elle jouait de sa laideur comme d'un hochet. « Tu vas goûter du pain d'Om el Kher, dit-elle en s'adressant à moi. C'est le meilleur pain du village. J'ai perdu l'habitude d'en faire. J'ai les bras trop gros, je n'arrive presque plus à les remuer ! »

Elle se mit alors à battre ses bras contre ses flancs comme en un effort désespéré pour les lever au niveau des épaules, puis elle les laissa retomber lourdement avec de grands éclats de rire. « Elle s'appelle Salma », dit Om el Kher. Salma pouvait tout faire oublier. Elle pouvait prendre les peines comme en un large tamis et le secouer jusqu'à ce qu'il ne reste plus qu'une poussière fine sur laquelle elle soufflait pour l'éparpiller au vent. Seule Ratiba ne riait jamais. Elle était toujours à la même place et le soleil pesait sur elle. « Salma fait rire tout le monde, dit Om el Kher. Elle fait même rire l'aveugle ! »

J'entendais souvent parler de l'aveugle. Il m'apparaissait comme une sorte de divinité silencieuse qui régnait sur le village, au moment où les hommes étaient absents.

« Souvent, reprit Om el Kher, Salma a fait rire l'aveugle ! Excepté quand il est en colère... Les jours de colère de l'aveugle, personne ne les oublie ! Le jour où on a battu Bahia, il s'est mis en colère. » Mais Om el

Kher s'excusait. « Il ne faut pas lui en vouloir, dit-elle, il y a si longtemps qu'il ne voit pas. Il vit dans un autre monde !...

» Lorsque sa colère monte, il tape contre la terre avec son bâton. Il y a dix ans, une femme d'ici avait volé quatorze artichauts et trente kilos de fèves de la réserve. L'ancien directeur des terres, celui qui était là avant le bey, ton mari, est arrivé avec trois chaouiches[1] et ils ont emmené la femme. Elle a eu cinq ans de prison. Elle disait qu'elle avait sept enfants, qu'elle ne voulait plus les entendre crier de faim. Mais ils l'ont emmenée !

» C'était mal de voler, nous avions tous peur, nous étions tous rentrés dans nos maisons. Mais l'aveugle, lui, ne voulait pas rentrer. C'était peut-être parce qu'il ne voyait pas qu'il avait moins peur... Il est resté au milieu de la ruelle pendant qu'on emmenait la femme. Nous étions tous dans nos maisons, et lui, tout seul, au milieu de la ruelle. Il tapait sur le sol avec son bâton, de toutes ses forces.

» Tu ne peux imaginer la force d'un aveugle ! Parce qu'il ne la dépense pas à regarder, il la conserve à l'intérieur et parfois elle explose. Il était debout, l'aveugle, et il

1. Policiers.

tapait. Il avait fini par creuser un grand trou dans le sol pour y enfouir sa colère. Nous le regardions tous par nos portes entrebâillées. Les enfants étaient montés les uns sur les autres pour l'apercevoir à travers les lucarnes. Il était seul dans la ruelle et il donnait des coups dans le sol. Cela dura longtemps, bien après que la femme fut emmenée. Quand nous sommes sortis de nos maisons, il s'est arrêté. Et ceux qui se sont approchés de lui se sont aperçus qu'il pleurait... Voici ma maison », dit Om el Kher sans reprendre son souffle.

***

Une fumée brune sortait de la porte. Om el Kher me dit d'attendre, et pénétra d'abord toute seule. Quelques instants après, à bout de bras, elle me tendit une feuille de raphia :

« Tu peux entrer maintenant, dit-elle, et si la fumée te gêne trop, tu t'éventeras. »

A l'intérieur, Zeinab était assise, les genoux écartés. Sa robe noire l'enveloppait tout entière. On n'apercevait que ses doigts de pieds et ses mains qui tournaient la pâte. Dès que j'entrai, elle me salua d'un mouvement de tête et continua à travailler sans me quitter des yeux.

« Chasse la fumée, dit Om el Kher. Quand on n'est pas habitué, ça gêne. »

Elles, la fumée ne les gênait pas. Om el Kher s'assit et, prenant de la pâte bistre, elle en fit une boule qu'elle rejeta d'une main dans l'autre. Elle se servit ensuite d'une palette de bois, à long manche, pour faire sauter la pâte jusqu'à ce qu'elle s'étalât comme une feuille ronde. Puis elle la plaça dans le four en la laissant glisser lentement de la palette. Parfois, elle prenait quelques brindilles liées en fagots et elle les jetait dans le feu. Le sommet du four, fait de terre, servait de couche la nuit. La chambre était envahie par cette fumée qui faisait reluire les visages. Je toussai pour la chasser de ma gorge.

En retirant la première galette du four, Om el Kher dit : « Elle est gonflée comme une outre, légère comme le vent ! Goûte-la, tu l'aimeras ! »

La galette ressemblait à un ballon doré, elle s'affaissa quand j'enfonçai mes dents. Elle avait un goût âcre qui me plaisait.

« Alors ? dit Om el Kher.

— Alors ? » dit Zeinab.

J'avais la bouche si pleine que je ne pouvais plus répondre.

« Mange... Mange-le en entier ! dirent-elles. Nous t'en donnerons d'autres pour chez toi. »

Elles ouvraient la porte du four. Le feu grésillait, mettait des lueurs roses sur notre peau. Les deux femmes retiraient le pain neuf et chaud. Elles m'en mettaient plein les bras. Elles me chargeaient de pain. Le pain blanchissait ma robe. Elles souriaient de me voir sourire. Quand j'eus les bras remplis, Om el Kher dit : « Je te raccompagne chez toi, pour porter le reste. Tu en auras, comme ça, pour plusieurs jours. »

C'est les bras remplis de pain que je rencontrai l'aveugle.

J'étais trop chargée. Heurtant des cailloux, je perdis l'équilibre. Mes galettes tombèrent. Je n'avais pu en retenir qu'une seule, serrée sur ma poitrine, et dans laquelle j'avais planté mes ongles. Je ne vis d'abord que le dos de l'aveugle. Il s'était penché pour m'aider à ramasser les pains. Je savais que c'était lui. A cette heure, il n'y avait pas d'autre homme au village. Sa voix réconfortait Om el Kher. « Ce n'est rien, dit-il... La poussière ne colle pas. »

Il prit trois ou quatre galettes entre les mains, et les frotta sur le devant de sa robe avant de me les tendre. Je dis : « Merci. » Je me sentais gênée et maladroite. Om el Kher avait l'air d'une enfant qu'on aurait battue.

« Ce n'est rien, Om el Kher, reprit l'aveugle. Ce n'est pas un peu de poussière qui pourra gâter un pain comme celui-là ! »

Puis il se mit à sourire et, se tournant vers moi, il ajouta :

« Ta visite est un bonheur pour le village ! »

Son sourire rayonnait, il remplaçait le regard. Il avait un menton fin, un nez aux narines transparentes ; il portait sur la tête un turban large et très blanc qui paraissait fraîchement lavé.

Je répétai : « Merci. » Je ne trouvai rien d'autre à dire avant de suivre Om el Kher, à moitié consolée.

*
* *

Sur le chemin du retour, je songeai à l'aveugle. J'aurais aimé rester un moment près de lui. Pour avoir écouté, dans le silence, la voix des autres, il devait connaître ce qui se passe dans les cœurs. « L'aveugle sait tout, disait Boutros. Les femmes lui font leurs confidences. »

Je songeais à l'aveugle, je le confondais avec cette terre sombre et sage que fait parfois gonfler la crue. « Il était debout et il tapait, avait dit Om el Kher. Il avait fini par creuser un grand trou dans le sol. »

Sur le chemin du retour, je ne pensai qu'à lui. Je l'imaginais qui avançait de son pas lent, comme s'il prenait sur lui le destin de son village. Son turban large et blanc brillait comme un joyau. On aurait dit un roi de nulle part, avec son visage lisse et sa couronne de lin. « A cette heure, disait Om el Kher, le village est aux enfants, aux femmes et à l'aveugle. »

Elle se retournait pour voir si je la suivais. Le seuil de la maison franchi, elle me précéda dans les escaliers. La porte de chez nous était entrouverte. Boutros était déjà rentré.

Dans la cuisine, Om el Kher m'aida à mettre les galettes dans le panier d'osier qui se trouvait sous la table, puis elle repartit sans bruit.

Boutros était dans le salon et tapait sur l'accoudoir de son fauteuil avec le poing. « Plus de visite seule au village, grondait-il. Il faut tenir son rang. On ne fraye pas avec les femmes du peuple ! Rachida, elle, n'a jamais mis les pieds au village. On lui apportait tout ce dont elle avait besoin jusqu'ici. Elle savait garder sa place... » Il continuait et ses sourcils se rejoignaient. « L'épouse d'un Nazer ne doit pas traîner dans le village. Ce n'est pas la place d'une femme qui se respecte ! »

Je ne savais que répondre. Il était debout maintenant et se dirigeait vers la cuisine. Puis il se pencha, tira le panier d'osier de dessous la table et souleva le torchon propre qui recouvrait le pain.

« Ce pain, dit-il, je n'en veux pas !... Ces femmes ont des mains sales ! Je fais venir mon pain du bourg voisin. Là ils ont une boulangerie. Je ne veux pas manger de celuici. De quoi attraper toutes les maladies ! Tu le jetteras ! Il est bon pour les animaux ! »

Dès cette nuit-là, j'aurais dû partir. Dire « non » et m'en aller.

Je suis restée. J'ai courbé les épaules et mes pensées, je les ai chassées. J'ai enveloppé les pains dans de vieux journaux. Je les ai mis derrière la porte.

Je les emporterai plus tard et je les jetterai dans le canal quand personne ne me verra.

VII

Le temps passait. Je l'ai laissé passer.

Le miroir, sous le portemanteau de l'entrée, me mettait cruellement en face de ces huit années. Je n'en avais que vingt-quatre, mais quel sens avaient les nombres ?

Lorsqu'il m'arrivait d'être surprise par mon visage, je voulais fuir et puis je m'approchais. Mes paupières s'étaient bouffies. Autour du menton s'installait une graisse terne. On ne devinait plus le sang sous mes joues et le fard s'étalait mal, on aurait dit deux plaques poudreuses. En caressant ma peau, du bout des doigts, il me semblait qu'on entendait un bruit de papier que l'on froisse. Il y avait deux sillons autour de ma bouche. Mes pupilles étaient fixes et troubles. Je serrais mes cheveux dans un large bandeau violet pour ne pas sentir leur sécheresse sur mes tempes.

Si je reculais, le miroir me recevait jusqu'à la taille. Ma silhouette était lourde. Je posais mes mains sur mes hanches, et j'avais cette impression de chair fatiguée sous mes paumes ; je les croisais ensuite sur ce ventre qui n'avait pas porté d'enfant, et je le sentais pesant et sans nerfs. A chaque pas, mes pantoufles vernies décollaient de mes talons et faisaient sur le sol un bruit morne.

Je détestais mon image. J'étais autre chose que cela, je le savais bien. Il y avait dans mes bras d'autres bras, derrière mes yeux d'autres yeux. Il y avait en moi une autre moi-même que je gardais prisonnière, et qui se révoltait de cette mort lente dans laquelle je l'entraînais.

Comme je ressemblais aux femmes de mon pays ! Les épaules ploient et la vie se déchiquette entre les habitudes. Mais, tandis qu'elles se résignaient, moi, je n'acceptais pas ma vie. Ma vie humaine n'était pas que cela ! Je ne l'acceptais ni pour elles ni pour moi. Ni pour les pauvres ni pour les riches. Je refusais l'idée que l'argent puisse faire taire la solitude des femmes de mon pays. Qui les regardait jamais avec cet amour qui transforme ? Et que peut faire l'argent à l'amour ? Je n'acceptais pas, mais je ne savais que faire, ni vers quoi me tourner.

J'aurais voulu découvrir dans des yeux aimants l'image de ce que j'aurais pu devenir, et je n'avais que ce miroir, avec sa surface glacée sous la paume, qu'Abou Sliman faisait reluire avec une peau de chamois.

***

J'étais seule. Ma famille, j'en avais rarement des nouvelles. Mes frères étaient mariés. Leurs femmes me considéraient comme perdue pour la ville ; elles avaient eu peu de mal à me faire oublier. Mon père nous avait fait deux visites. A l'une d'entre elles, il m'apprit la mort de Zariffa.

Chaque fois, en l'honneur de mon père, on tuait un agneau.

Ses affaires semblaient prospères, mais il s'en plaignait toujours, de peur que je ne lui demande de l'argent. Je m'en serais bien gardée, malgré Boutros qui me talonnait : « Il ne t'a pas donné de dot. J'ai toujours eu les frais à ma charge. Son commerce lui rapporte gros. Il vient d'acheter une voiture ! On dit que tes belles-sœurs sont couvertes de bijoux. Tu ne dois pas te laisser faire ! Il faut demander. »

Mon père arrivait. Il mangeait l'agneau avec Boutros. Ils riaient ensemble. Après le café, Boutros se levait et me lançait un regard complice. Il nous laissait seuls tous les deux. Les mots me résonnaient dans la tête : « Il faut demander. »

Mon père parlait, disait : « On doit avoir un enfant ! » Disait : « Les affaires sont difficiles ! » Disait : « Ah ! l'air de la campagne !... Il n'y a rien de tel que la campagne pour vous garder en bonne santé. Tu en as de la chance ! » Puis, au début de l'après-midi, il repartait.

« Alors ? » questionnait Boutros, dès que la voiture disparaissait à l'angle de l'allée des bananiers. Et son bras était encore levé pour saluer mon père dont on apercevait une dernière fois le mouchoir blanc.

« Et alors ? »

Je remontais l'escalier en courant, sans lui répondre.

***

Je n'étais plus retournée au village.

Qu'il fallût « tenir son rang », cela, les femmes l'avaient compris, et elles ne m'en voulaient pas. Un sentiment de malaise s'installa entre elles et moi pour une tout autre raison. J'étais stérile, et l'on se méfiait des femmes stériles. Au début, elles me questionnaient : « Est-ce que ce sera un garçon pour notre bey ? » Ensuite, elles se découragèrent et essayèrent de m'éviter. Om el Kher avait de la pitié dans la voix.

Boutros disait : « J'ai reçu une lettre de Rachida. Elle dit que tout cela n'est pas normal. On nous a trompés sur ta santé, voilà ce qu'elle dit ! »

Cet enfant, je l'appelais maintenant. Je remuais les lèvres pour l'appeler. Je le demandais aux plantes et aussi à la nuit et au soleil. Il se mêlait en moi un sentiment de honte et d'angoisse. Pour essayer de me distraire, je marchais dans la campagne. Qu'elle était grave et indifférente ! Mais elle m'apaisait à cause de ses maisons basses, de ses troncs, de ses rives dont les couleurs pâles fondaient l'une dans l'autre et venaient fondre dans l'eau jaunâtre du canal. Parfois une voile s'éloignait, partait vers on ne savait où. Droite et vive au-dessus des saules pleureurs.

Boutros disait : « Amin, le chef du village, vient de répudier sa femme. Après deux ans de mariage, elle ne lui a pas donné d'enfant. Moi, la religion m'en empêche ! » Et il se signait.

J'essayais d'oublier sa voix. Je regardais les femmes, elles avançaient à grands pas assurés en portant des jarres sur la tête. Au bord du fleuve, leurs jupes relevées autour de la taille, leurs longues culottes noires serrées aux genoux, elles lavaient le linge. Autour d'elles, les buffles se baignaient, et on n'apercevait souvent que leur mufle qui surgissait au-dessus de l'eau.

« Gamalat, la femme de Hussein, n'a que des filles ! disait Boutros. C'est à croire au châtiment du ciel ! »

Ce n'était pas pour faire taire la voix de Boutros que je voulais un enfant. C'était un vrai désir, il ne me quittait plus. Je promenais mes rêves avec moi. Dès que j'entendais des voix d'enfants, je me penchais au-dessus de mon balcon. J'écoutais leurs rires et leurs histoires lorsqu'ils jouaient dans la ruelle. Je suivais les mouvements de leurs têtes. J'admirais la rondeur de leurs bras et le cercle de chair autour des poignets. J'aurais voulu les appeler et qu'ils montent pour les voir de plus près. Malgré la poussière dans les plis de leurs nuques et leurs paupières couvertes de mouches, j'aurais aimé les presser contre moi et leur parler.

Un matin, il fit plus froid que de coutume. J'avais tiré de l'armoire le manteau que m'avait donné mon père. C'était un manteau qui lui appartenait : « Tu le feras transformer et ajuster à ta taille, m'avait-il dit. Pour la campagne, c'est bien suffisant ! » Je ne l'avais pas fait ajuster. Il restait suspendu dans mon armoire avec mes autres vêtements.

A chacun d'eux, il manquait un bouton ou un point.

Les jours de froid, la maison se glaçait. Ses portes et ses fenêtres laissaient passer l'air. Le froid s'installait, il se plaquait aux murs et sur les poignées. Je restais souvent recroquevillée, des heures entières, à attendre le moment de me mettre au lit avec une bouteille chaude au fond des couvertures.

Ce matin-là, je mis le manteau de mon père pour sortir ; il me faisait des épaules tombantes et me battait les chevilles. Le vent s'engouffrait dans les manches. J'allais vite pour avoir chaud. Je voulais simplement marcher et ne songer à rien, rien qu'à mes jambes en mouvement. Souvent, pour chasser mes pensées, je me mettais à compter. Les nombres avaient ce pouvoir, ils chassaient, pour un moment, l'angoisse : « Un, deux, trois... » Je comptais mes pas. « Quinze, seize, dix-sept... » L'attention était prise. Il fallait compter encore. J'avais chaud. Une espèce de joie m'envahissait, celle de n'être plus qu'un corps en marche. « Quatre-vingt-trois, quatre-vingt-quatre... »

J'étais déjà loin, lorsque j'entendis des pas derrière moi. On me suivait. Des voix se rapprochaient, basses, mystérieuses. C'étaient des voix d'enfants, et il me semblait qu'elles parlaient de moi.

« Cette fois, ça y est ! » dit quelqu'un.

Mais un autre le contredit aussitôt. Non, ce n'était plus possible, sa mère lui avait bien dit que ce n'était plus possible.

« Mais je te dis que oui ! » reprenait le premier enfant.

J'entendais des bribes de phrases et les pieds nus des enfants sur le sol.

« Je te parie ! dit une voix.

— Qu'est-ce que tu paries ? dit une autre.

— Ma balle rouge !

— Celle que tu as trouvée sur la route près du fleuve ?

— Oui !

— Je la veux ! »

Mais celui qui avait offert sa balle s'obstinait. Il ne la donnerait qu'à l'enfant qui irait voir.

« Moi je dis que ça y est, dit-il. Il faut aller voir !

— Et s'il n'y a rien ?

— Tu gagneras la balle rouge !

— Elle sera à moi ! dit quelqu'un.

— Non, à moi ! » dit un autre. Et ils se disputèrent.

J'aurais voulu avancer plus vite, prendre un chemin de traverse et leur échapper. Mais je sentis une main, elle s'agrippait à mon manteau. Puis j'en sentis une autre. Les enfants m'encerclaient. Ils se poussaient mais ils ne me regardaient pas. L'un d'eux saisit un pan de mon manteau, et, brutal, l'écarta au milieu des cris.

La balle rouge était perdue ! Celui à qui elle appartenait se mit à courir à travers champs, poursuivi par les autres.

Je m'étais assise au bord du chemin sur une pierre, et mes bras pendaient comme des objets trop lourds. Je ne songeais plus au froid. J'avais des moqueries d'enfants plein la tête et je ne pouvais penser à rien d'autre. Je restai longtemps ainsi. Puis, dans ma main, je sentis une autre main tiède comme un ventre d'oiseau.

« Je m'appelle Ammal ! » dit une petite fille.

Elle avait deux nattes maigres aux reflets roux qui se rejoignaient sur le haut de la tête. On ne pouvait savoir si ses yeux étaient tristes ou s'ils me souriaient, car ils étaient noyés dans une buée qui rendait leur expression indistincte.

« Je veux rentrer avec toi », dit la petite fille. Pour ces mots, j'aurais voulu porter sa main à mes lèvres. Mais il ne fallait pas l'effarer ; je me levai et je me mis à marcher auprès d'elle.

« Je sais où tu habites, dit Ammal. C'est moi qui garde les moutons avec mon oncle Abou Mansour. Tous les soirs, nous passons sous ton balcon.

— Quel âge as-tu ?

— Je ne sais pas. Ma mère non plus ne sait pas. Mais je suis encore petite.

— Je crois que tu as cinq ans.

— Cinq ans ! dit Ammal. Je le dirai à mes frères, ce soir.

— Tu as beaucoup de frères ?

— Je n'ai que des frères », répondit Ammal. Comme nous étions arrivés près de la maison, elle ajouta : « C'est ici chez toi. »

Elle m'accompagna jusqu'à la porte et ne lâcha ma main qu'au bas de la première marche.

« Monte, me dit-elle.

— Reviens me voir, Ammal. Je te ferai une robe. »

Elle avait des dents brillantes qu'elle découvrait lorsqu'elle souriait. Elle rejeta la figure en arrière pour mieux me voir monter. Elle avait un visage décidé et son regard tenace s'attachait à moi. A chaque marche, je me retournais pour lui faire un signe.

« Reviens, Ammal ! »

Elle était au bas de l'escalier, les deux mains appuyées au pommeau de la rampe ; elle tendait le cou. Je me penchai pour lui sourire une dernière fois.

***

Et puis ce fut fini. Le visage d'Ammal m'échappa dès la porte fermée.

L'apaisement qu'elle m'avait apporté disparaissait avec sa présence. Dans ma chambre, je ne pouvais me fuir longtemps et les objets autour de moi se déformaient. Ils n'étaient plus une chaise, une table, une lampe ou un tapis, mais ils prenaient un aspect monstrueux. Les couleurs perdaient de leur intensité et chaque objet portait des signes de décrépitude. Les fils des rideaux se séparaient, mangés par le soleil et la poussière. Les plafonds se baissaient. Les murs étaient sur le point de se rejoindre. J'aurais crié.

Un visage ami aurait chassé le cauchemar. Je croyais qu'un visage ami pouvait tout, mais il m'était impossible de rien tirer de ma mémoire. Je voulais le visage d'Om el Kher, ou celui de Zariffa morte, ou celui de ma mère morte, celui d'Ammal que je venais à peine de quitter. Leurs noms étaient comme les enseignes que secoue le vent et qui n'évoquent plus rien. J'aurais voulu dormir. J'attendais sans cesse la nuit, la sieste de midi à laquelle je m'étais habituée, et encore la nuit.

Quelqu'un frappait à la porte, grattait plutôt.

« Est-ce que je peux entrer ? » dit la voix,

dont je reconnus à peine le timbre. « Est-ce que je peux venir te parler ? »

C'était Om el Kher. Elle pénétra, en hésitant, lourde d'un secret.

« Entre, lui dis-je.

— Écoute, commença-t-elle brusquement, les enfants t'ont vue et ils ont raconté ce qu'ils ont vu... On parlait déjà de toi au village. Je ne peux plus entendre ça, le cœur me démange ! »

Sa voix s'épaississait comme si elle roulait de la terre.

« Ce n'est peut-être pas mon affaire, mais je n'aime pas entendre ça, reprit-elle. Tu n'as pas d'enfant et tu te consumes. Le matin, quand je viens déposer mon panier, je ne dis rien, mais j'ai des yeux. Je répète à Zeinab : "la femme du bey, c'est la stérilité qui la consume...". Tu te souviens de Nefissa, la vieille bavarde qui lit l'avenir dans le sable ?

— Oui, je me souviens.

— Je l'ai consultée ! Elle dit que tu dois aller voir la Sheikha.

— Qui est la Sheikha ?

— Je t'ai parlé d'elle le jour où tu es venue manger de mon pain. La Sheikha, il faut que tu ailles la voir, elle te dira ce qu'il faut faire.

— Mais, qui est-ce ? repris-je.

— Tout le monde sait qui est la Sheikha », dit Om el Kher. Et elle se mit à me raconter son histoire. Très vite, comme elle faisait toujours, sans se donner le temps de reprendre son souffle. « Quand la Sheikha Raghia mourut, le bourg voisin où elle habitait et tous les villages autour étaient en deuil. »

J'étais assise au bord du canapé et Om el Kher accroupie par terre. Elle vit que le soleil était encore très haut et, sachant qu'elle aurait du temps avant la rentrée de Boutros, elle continua :

« C'est la Sheikha Raghia qui guérissait les malades, qui faisait revenir l'époux infidèle. C'est elle qui faisait découvrir le voleur et retrouver l'objet volé. Elle avait des poudres. Tu sais, les poudres qu'on fait brûler. Elle avait aussi des morceaux de papier sur lesquels elle inscrivait des mots qu'elle seule connaissait. La Sheikha Raghia aidait à trouver un mari ou bien à avoir un enfant ! Les femmes lui racontaient leurs malheurs. Elle chassait les démons !... A sa mort, on crut que le malheur allait venir, et durant un mois il y en eut des deuils, des maladies, et les époux abandonnaient leurs femmes !... Et puis, un jour, dans la ruelle de l'Obstiné, Bayumi, qui vendait des limonades, tu sais, ce n'était alors qu'un tout jeune homme, Bayumi fut soudain pris de tremblements. Il tomba par terre, on lui voyait des gouttes de sueur sur la peau. Il haletait. Une voix inconnue sortit de sa gorge. Quelqu'un passa et reconnut la voix de la Sheikha Raghia. Si tu avais entendu ses cris ! D'autres accoururent et reconnurent la voix eux aussi. On transporta Bayumi dans la demeure de la Sheikha. Voilà ! La Sheikha Raghia avait choisi Bayumi et elle l'habitait. Alors les femmes ont appelé Bayumi "Bienheureuse", et cela fait trente ans maintenant que la Sheikha continue à habiter Bayumi et à nous aider... Je te dirai un jour ce qu'elle a fait pour moi... Et toi, tu prends de l'âge, continuait Om el Kher. Les années pèsent double lorsqu'on n'a pas porté un fils. Le bey part demain pour toute la journée... On me l'a dit. J'ai parlé à Abou Sliman. Il l'accompagnera à la gare, et au retour, la voiture sera pour nous... »

Je ne croyais pas aux pouvoirs de la Sheikha, mais j'étais heureuse à la pensée d'une journée auprès d'Om el Kher.

« A demain, me dit-elle, et qu'Allah te garde ! »

« Demain, dit Boutros avant de se mettre au lit, je serai absent toute la journée... Tu diras à Abou Sliman de tuer deux pigeons et de me les faire rôtir pour mon retour. »

***

Au bout de la ruelle de l'Obstiné et dans l'impasse de la Prophétesse, un escalier ressemblait à une échelle, et il s'enfouissait entre deux murs lézardés.

« La voici enfin, ta demeure bénie, ô Bienheureuse ! dit Om el Kher. Que ces marches sont dures qui me séparent de toi ! Ah ! si je pouvais vivre dans ton ombre pour toujours, ô Bienheureuse ! »

Pour monter, elle relevait autour de ses chevilles sa robe ourlée de boue. « C'est ici ! » dit-elle, et sa voix s'exaltait davantage.

L'escalier déboucha dans un couloir en demi-cercle. Quelques marches brisées. Un autre couloir sombre s'ouvrit vers le ciel. Sur la terrasse étaient bâties plusieurs pièces. Om el Kher recommença à parler de « cette demeure bénie ! » et, lorsqu'elle se tourna vers moi pour m'indiquer du doigt l'une des portes ouvertes, je vis qu'elle souriait. « Écoute-la. Elle parle ! » me dit-elle, et elle s'arrêta.

On entendait une voix efféminée qui lâchait ses mots, un à un. Entre chaque phrase, elle s'arrêtait, comme si elle attendait que la prochaine lui fût dictée.

« Ton figuier ne porte que des ronces, disait la voix. Tu auras beau le soigner, il ne pourra que te piquer les doigts!... Mais, écoute-moi bien. Dans l'espace de trois, tu trouveras la figue! Elle sera cachée, il faudra que tu la cherches longtemps. Mais ce jour-là, je me réjouirai avec toi, et je mettrai une rose à mon oreille! »

La voix se tut.

« Nous pouvons entrer maintenant », dit Om el Kher, et elle me fit passer devant elle.

La chambre était spacieuse. Contre les murs s'empilaient des objets hétéroclites, des dons à la Sheikha. Des cages à pigeons, des cages à serins posées sur des meubles noirs en bois sculpté. Une gazelle empaillée en équilibre instable sur une armoire en laque. Une tour en bois ressemblait à un jouet d'enfant, on y avait planté des fleurs en plumes multicolores. Le vase de Chine était brisé, un de ses morceaux gisait par terre, à côté du bidon d'huile. Certains tiroirs, si pleins qu'on n'avait pu les fermer, laissaient pendre des écharpes de soie, une chaîne de montre, des colliers de verre. Sur le mur du fond, une immense toile représentait un Pèlerin sous un arbre. Elle était à moitié cachée par un arbuste en forme de palmier qui émergeait d'un énorme pot de terre. Om el Kher me murmura à l'oreille que c'était la Bienheureuse qui l'avait peinte. « Les arbres ont l'air si vrais, ajouta-t-elle, que parfois les oiseaux qui rentrent dans la salle essayent d'y faire leur nid. »

La Sheikha parlait de nouveau et nous étions restées, Om el Kher et moi, près de la porte. Personne ne nous avait encore aperçues. Je voyais la Sheikha de dos, assise sur un canapé bas, entourée de femmes accroupies qui formaient une grande masse mouvante et noire.

D'autres objets s'accumulaient sur des étagères usées, sur les rebords des fenêtres, sur le meuble de laque, sur le sol. Des animaux circulaient librement. Une chèvre et son chevreau, un chien, une poule presque entièrement déplumée, un dindon. Ils allaient et venaient entre des boîtes vides, des fonds d'arrosoir, des vêtements, et ils se frottaient parfois aux robes des femmes.

La Sheikha se tut puis se tourna soudain vers nous, et reconnut Om el Kher. Elle leva les deux mains à la fois et se mit à les balancer d'avant en arrière en signe d'accueil.

« Eh ! Om el Kher... C'est donc toi, ma vieille amie ? Le temps sans toi me semblait long ! (Puis, elle cligna un œil :) Quel malheur t'amène, ma vieille amie ? Quel malheur t'amène ? » ajouta-t-elle.

Om el Kher, confondue de tant d'attentions, porta ses mains à ses lèvres en signe de gratitude : « Sheikha, ce n'est pas pour moi, dit-elle, c'est pour la dame ! »

La Sheikha nous dit alors d'approcher, puis elle se mit à crier d'une voix forte :

« Ma femme !... Mon épouse, où es-tu ? Apporte donc une banquette pour la dame ! »

Une grosse femme entra, vêtue d'une chemise blanche en forme de sac, qui lui descendait jusqu'aux chevilles. Ses mains étaient trempées de savon et d'eau, on avait interrompu sa lessive et elle bougonnait. Elle indiqua aux femmes où se trouvait la banquette et elles l'aidèrent à la tirer du réduit.

« Plus près », dit la Sheikha. Ce privilège me gênait. Mais les femmes m'encouragèrent, et toutes me regardaient avec un sourire compatissant. « Je ne te ferai pas trop attendre, dit la Sheikha, le temps que tu te reposes. » Puis elle s'adressa à Om el Kher, qui s'était assise au milieu des autres femmes. Elles se serraient encore plus pour lui faire de la place.

« Om el Kher... dit la Sheikha. Tu as illuminé la maison ! Et toujours aussi gaillarde, une molaire ! Une vraie molaire, ma vieille amie ! Qu'Allah te garde ! »

Om el Kher rayonnait. Une voix s'éleva du fond de la salle :

« Om el Kher, tu as rempli le cœur de la Bienheureuse. Qu'Allah triple ta vie !

— Silence ! cria la Sheikha. Silence maintenant... C'est au tour de qui ?

— C'est mon tour ! dit une femme.

— Oui, c'est le tour de Nabaweyya, dirent les autres d'une même voix.

— A toi, Nabaweyya ! dit la Bienheureuse. Donne-moi ton mouchoir. »

Nabaweyya était au milieu du groupe. Elle tendit son mouchoir à une des femmes, et il passa de main en main. La Sheikha le prit et l'approcha de son nez pour le flairer.

La Sheikha était un homme d'une cinquantaine d'années dont la robe blanche soulignait les rondeurs. Le canapé sur lequel il était assis ressemblait à une cuvette. La figure de la Sheikha était une boule luisante avec des yeux en tête d'épingle. Son nez était une autre boule au-dessus de la moustache claire et ronde comme un gros point. Sur ses lèvres vermeilles, on aurait dit qu'on venait d'écraser des mûres. Il les gardait toujours humides en y passant constamment sa langue pointue et agile. Parfois, il aspirait une bouffée du narghileh qui gargouillait à ses pieds. Une des femmes avait pour rôle de ne jamais le laisser s'éteindre.

La robe de la Sheikha avait un grand décolleté en pointe qui laissait paraître une poitrine blanche et lisse. Autour du cou il portait trois colliers de jasmin qu'il respirait parfois en roulant des yeux. Lorsque l'un des colliers jaunissait, il l'arrachait du cou et le jetait loin derrière lui. Sur le crâne il portait une calotte de coton mêlé de fils de couleur. On s'adressait à lui comme s'il était une femme. Il n'était plus que la Sheikha Raghia.

J'étais bien ici. A les dire, à entendre ceux des autres, les malheurs devenaient moins lourds à porter, et cela suffit parfois,

« Alors, tu t'appelles Nabaweyya ? dit la Sheikha en s'adressant à la femme dont elle respirait le mouchoir.

— Oui, dit la femme.

— Dis : Je te salue, Bienheureuse !

— Je te salue, Bienheureuse ! répéta Nabaweyya.

— Ta main, Nabaweyya, est mordue par le chien que tu as soigné. Sa dent est longue comme un couteau de cuisine. Je vais la lui amollir. Elle deviendra flasque comme une tripe et tu pourras la manger à son tour. Tu comprends ce que je veux dire, Nabaweyya ?

— Oui, Sheikha.

— As-tu des enfants, Nabaweyya ?

— Oui, Sheikha.

— Je le savais.

— Qu'Allah te les conserve ! » reprirent les femmes.

La Sheikha prit une des feuilles de papier en désordre sur le canapé. Il la déchira en deux parts égales et se mit à inscrire des mots mystérieux au crayon dont il mouillait sans cesse le bout violet avec sa langue. Il lui en restait toujours des traces au coin des lèvres. Puis il écrasa la feuille dans sa paume.

« Tu porteras ceci sur toi, dit la Sheikha. Porte-la entre ta peau et ta chemise. Porte-la et, dans l'espace de huit, tu retrouveras ta paix ! »

La boule de papier passa de main en main.

« Qu'Allah te garde à nous, Sheikha ! criait la voix de Nabaweyya.

— Qu'Allah te garde à nous ! » reprirent les femmes.

Nabaweyya chercha quelques piastres au fond de sa longue poche.

« C'est la première fois que tu viens, dit la Sheikha, tu paieras un autre jour.

— J'ai ce qu'il faut, Sheikha, et elle tendit aux femmes une pièce d'argent.

— Comme tu veux, ma sœur, dit la Sheikha.

— Qu'Allah te couvre de bénédictions, Bienheureuse, crièrent les femmes, et elles prodiguaient en même temps des encouragements à Nabaweyya.

— A qui le tour maintenant ? demandait la Sheikha.

— A Amina !

— Où es-tu, Amina ?

— Je suis ici, Bienheureuse ! »

C'était une femme jeune, aux yeux apeurés. Son voile noir avait glissé en partie et découvrait ses cheveux luisants. Elle se trouvait près du canapé.

« Qu'est-ce qui t'amène, Amina ?

— Elle a été volée ! crièrent les voix.

— Taisez-vous, les femmes, reprit la Sheikha. Donne-moi ton mouchoir, Amina, et dis : Je te salue, Bienheureuse !

— Je te salue, Bienheureuse !

— Je t'écoute !

— J'ai été volée, reprit Amina, si mon mari le sait, il me battra.

— Qu'est-ce qu'on t'a volé ?

— Mes bracelets. Quatre bracelets en or, Sheikha. Je les cherche depuis deux jours. Je les ai cherchés partout. Dans les coins, entre la paille des animaux et dans les savates de ma belle-mère.

— Dans les savates de ta belle-mère ? » dit la Sheikha.

La femme baissa la tête et ne répondit pas.

« Ta belle-mère ne t'aime pas, reprit la Sheikha, elle veut que son fils te chasse. »

La femme baissait toujours la tête. Les autres la regardaient et elles commençaient à se lamenter. Elles se serraient davantage. Mais la Sheikha se mit à parler et les femmes sentirent que les choses s'arrangeraient. « Tu es venue de loin, mais tu ne repartiras pas les mains vides, dit-elle à Amina. Tu vois cette poudre, je vais en mettre dans ton mouchoir ! » Lorsque sa belle-mère s'endormirait, Amina devrait lui jeter une pincée de cette poudre sur les cheveux et en jeter une autre pincée sur les cheveux de son mari. Avant que la semaine ne fût écoulée, Amina retrouverait ses bracelets. « Ta maison est boueuse comme une semelle, Amina... Mais il y aura une route d'eau pour toi ! Tu comprends ce que je veux dire, Amina ? Une route d'eau !

— Merci, Sheikha... Qu'Allah te le rende !

— Chasse ta peur, Amina... Ta vie deviendra douce comme le vol d'une colombe, et les mots te seront comme du miel !

— Qu'Allah te garde, Sheikha... ô Clairvoyante !

— Non, ne me donne rien, Amina... Je ne veux rien de toi. Tu as perdu tes bracelets, c'est plus qu'il n'en faut pour une semaine. Quand tu reviendras, apporte-moi une caille. Ma femme me la fera rôtir avec des amandes !

— Qu'Allah te couvre de bénédictions, Sheikha ! Mais au moins prends ceci, c'est de la confiture à la rose. Prends-la, et que ta langue demeure sucrée ! »

Amina se leva pour partir. Ses yeux n'étaient plus les mêmes. Elle se pencha vers le chevreau pour le caresser et, dans un élan de joie, elle lui embrassa le museau. Tandis qu'elle s'en allait, la Sheikha s'adressa à moi.

« C'est à toi ! me dit-elle. Approche ta banquette. »

Des femmes s'écartèrent. Om el Kher s'était levée pour m'aider. Je venais de me rappeler pourquoi j'étais là.

« Alors, dit la Sheikha quand je fus de nouveau assise, que puis-je faire pour toi ?

— Il faut que tu viennes à son aide ! dit Om el Kher.

— D'abord, comment t'appelles-tu ? demanda la Sheikha.

— Samya... répondis-je.

— Donne-moi ton mouchoir, Samya... Dis : Je te salue, Bienheureuse !

— Je te salue, Bienheureuse !

— Alors, que veux-tu de moi, Samya ?

— Elle n'a pas encore d'enfant ! dit Om el Kher. Pas d'enfant, après huit années de mariage !

— Quel malheur ! reprirent les femmes. Pas encore d'enfant !

— Taisez-vous, cria la Sheikha. Laissez-moi penser à elle ! »

Elle ferma les yeux et plissa les paupières. Puis elle se mit à parler en détachant chaque syllabe. Les femmes répétaient chacune de ses phrases du bout des lèvres.

« Samya ! Samya !... dit la Sheikha, tu as un nœud de fer dans la poitrine. Tu as un oiseau mort dans ta poitrine, ô Samya ! Peut-être que ton enfant le ressuscitera... Un enfant te viendra, Samya ! Comme je vois les choses, l'enfant te viendra ! »

Om el Kher poussa un soupir de soulagement. Un grand soupir passa dans la salle, on aurait dit qu'elles n'avaient toutes qu'une seule poitrine. Je m'étais mise à croire, moi aussi.

« Pour toi, je vais prendre les trois poudres, dit la Sheikha, avant d'ouvrir les yeux.

— Tu auras un enfant, dirent les femmes, tu auras un enfant, Samya !

— Femmes, taisez-vous ! dit la Sheikha. Avec tout ce bruit, j'ai l'impression qu'un essaim d'abeilles s'agite entre vos tempes. Je fais trois cornets de papier, Samya, reprit la Bienheureuse. Dans chaque cornet, je mets une poudre de couleur différente.

Tu les feras brûler l'un après l'autre dans ta maison. Samya, tu peux partir en paix, et que tes pas éveillent les fleurs ! »

Je mis quelques pièces d'argent dans une boîte en fer rouillé au pied du canapé. Les femmes me firent des signes d'amitié jusqu'à la porte et la Sheikha nous accompagna du regard. Puis je sortis, suivie d'Om el Kher.

Sur les marches de l'escalier, nous entendions encore la voix :

« La lune pour toi s'est empoussiérée, Zannouba. Un de ta famille marche dans des sentiers aussi noirs que le dos des buffles ! Et je crois bien que c'est ton fils, ô malheureuse !... Mais dans l'espace de... »

VIII

Le désir d'avoir un enfant me poursuivait.

Deux ans s'étaient écoulés depuis que nous avions été voir la Sheikha. Je ne m'étais pas attendue au miracle, mais j'étais pleine de remords à la pensée d'avoir peut-être ébranlé la foi d'Om el Kher. Elle ne me parlait plus et n'apparaissait qu'au moment où sa présence était nécessaire. J'essayais de deviner si elle m'en voulait. Mais si peu de chose s'inscrit sur un visage, et l'on ne sait jamais exactement à quel degré d'amour ou de haine on se trouve dans le cœur des autres.

Les sentiments s'embrouillent vite. Que de barrières entre les êtres et même entre ceux qui s'aiment ! Lorsqu'on a fini de détruire ces conventions qui se dressent autour de nous, il reste encore tout ce qui surgit de soi avant même qu'on ait eu le temps de le surprendre. Tout ce qui naît d'un geste maladroit ou d'un oubli et qui porte en soi ce poison qui déforme. Si l'on n'est pas en éveil, tout nous sépare et nous enferme chacun dans sa propre cage.

Parce qu'elle était simple, Om el Kher parla la première :

« Tu as dû te tromper, me dit-elle. Tu as dû mal brûler les poudres, c'est pour cela que tu n'as pas encore eu d'enfants. Mais j'irai revoir la Sheikha et je lui expliquerai.

— Oui, répondis-je, j'ai dû me tromper. » Je savais qu'il n'en était rien et que j'avais jeté les poudres sans m'en servir. Mais je ne voulais rien dire qui pût l'éloigner davantage de moi.

Ce désir d'un enfant me poursuivait.

Je le voulais pour moi, je sentais qu'il m'ouvrirait à la vie. Je souhaitais aussi que cette naissance me rapprochât de ceux du village parce que je voulais leur sympathie.

Boutros, lui, se frappait la poitrine. Il disait qu'il accomplissait son purgatoire sur cette terre. Il faisait le signe de la croix. « Je me fortifie dans ma religion », disait-il. Dans le même temps, il se vantait d'avoir roulé un acheteur pour faire doubler sa commission. « Ce balourd ! » disait-il. Il priait des lèvres.

Il disait : « Ni dot ni enfant ! Si je n'étais pas chrétien, je te jetterais à la rue ! »

Ammal venait me voir. Son oncle Abou Mansour lui confiait le soin de monter le fromage. Je l'appelais « mon oiseau ». Elle venait se frotter les ailes dans ma chambre et me laissait un peu de tiédeur. J'avais acheté au marchand ambulant un tissu jaune pour lui faire une robe. Je cousais mal, mais je m'étais si bien appliquée que la robe lui allait. Dans tout ce jaune, je trouvais qu'elle ressemblait encore plus à un oiseau avec sa tête toujours mobile et cette façon qu'elle avait de se frotter les mains. J'aimais la regarder, et le jaune de sa robe était si éclatant qu'au moindre rayon de soleil, il projetait des taches rondes sur les murs. Souvent, elle s'asseyait par terre, les genoux sous le menton, les bras autour des jambes, et elle me demandait de lui raconter des histoires. Rien que de voir l'appel dans ses yeux, je trouvais mille choses à dire.

Cette année-là, pour la première fois, elle me montra la petite figurine de terre qu'elle venait de sortir de son corsage.

« C'est moi qui l'ai faite ! » dit-elle fièrement.

La figurine représentait son oncle Abou Mansour assoupi ; il était enveloppé de sommeil et semblait faire partie de ses robes.

On voyait à peine ses traits, mais c'était bien lui, tel que je l'apercevais souvent, couché à l'ombre d'un tilleul. Je tenais ce petit objet encore maladroit et une joie m'envahissait. Je ne m'expliquai pas d'abord pourquoi. Mais je me tournai vers Ammal et je dis :

« Tu seras sauvée, Ammal ! »

Je ne savais pas encore ce que je voulais dire. C'était comme si je venais soudain de comprendre qu'Ammal tenait une réponse à la vie et que je devais être auprès d'elle, pour l'aider.

De son regard tenace, Ammal fouillait ma pensée.

*
* *

La scène avec Boutros commença d'une manière inattendue.

Il me répétait encore : « A quoi sers-tu si tu n'es même pas capable d'avoir un enfant ? » Je le regardai droit dans les yeux et répondis : « Et si c'était toi ?

— Moi ?... Moi ?... (Il en perdait la parole :) Moi ? Répète ce que tu viens de dire ! »

Je mis toute ma rancœur dans mon regard. Je voulais l'atteindre et que sa fausse dignité se décrochât et tombât de lui.

« Répète... disait-il. Répète...

— Et si c'était toi, le responsable ? »

Il éleva le bras et me gifla. Je ne reculai pas. J'étais heureuse de cette gifle. Elle venait enfin confirmer cette attitude de brutalité intérieure qu'il était difficile de définir tout à fait. Ma haine jusqu'ici s'éparpillait sur mille faits. Maintenant elle prenait forme. Que lui reprocher jusqu'ici que les autres auraient pu comprendre ? Ne m'avait-il pas épousée sans dot ? M'avait-il jamais trompée ? J'étais bien nourrie. Voilà ce qui sautait aux yeux. Le reste, de l'imagination, de l'hystérie !

Cette fois, enfin, je pourrais écrire à mon père :

« Mon père, cet homme m'a battue ! »

Qu'aurais-je pu lui écrire avant ?

« Mon père, cet homme me traite comme une chose. Mon père, la vie passe et je n'aurai connu aucune joie. Mon père, je n'ai jamais été heureuse. Mon père, mes journées sont lourdes, et mes nuits... Mon père, pourquoi faut-il renoncer au bonheur si ce n'est même pas pour aider les autres ? Mon père, j'ai soif, je veux de l'eau sur mes lèvres. Mon père, à chaque instant ma jeunesse est enterrée. »

Mon père aurait ri de ma lettre avant de la mettre au panier.

Mais cette fois, je pourrais écrire :

« Mon père, cet homme m'a battue. Il faut venir me chercher ! »

Boutros avait des taches de colère autour des yeux et sur le front. Il titubait sur ses petits pieds. Il ressemblait à un amas de vêtements qui allait s'effondrer. « C'est comme cela qu'il faut agir... répétait-il. J'ai été trop bon jusqu'ici ! »

Dans la lettre à mon père, j'écrirai :

« Mon père, Boutros m'a battue ! Il va me battre encore. Venez vite me chercher ! »

« Tu me dois le respect ! hurlait Boutros. Et tu seras soumise, tu l'entends ? »

Dès qu'il recevra ma lettre, mon père viendra. Il m'emmènera loin d'ici. J'irai vivre auprès de mon père.

« On ne supporte pas une folle toute la vie ! criait Boutros. Attention, je pourrais te faire enfermer ! »

La réponse de mon père ne tarda pas.

Comme il avait l'esprit juridique, il collectionnait, par plaisir, les conclusions de certains procès. Il en découpa une à mon intention, la colla sur une feuille blanche et la mit dans une enveloppe qu'il m'envoya. Elle disait, cette conclusion :

« L'homme a le droit de battre sa femme correctionnellement, sans toutefois que les coups qu'il lui administre dépassent les bornes de l'intention correctionnelle. »

Puis, de son écriture appliquée, il avait ajouté au bas de la page :

« N'attire pas la colère de ton époux. Souviens-toi, tu as souvent été difficile, même chez nous ! Ton père qui t'aime. »

***

Lorsque je sus que j'attendais un enfant, je voulus d'abord en garder le secret. Ne pas le livrer à Boutros, ni à la curiosité de Rachida qui commenterait longuement, dans ses lettres à son frère, cette naissance tardive. Elle m'emplissait d'un sentiment si profond et si tendre, cette naissance, que je ne voulais, sur elle, aucune pensée qui pût lui porter atteinte.

Ce fut à Om el Kher, parce que je la sentais proche, que je l'annonçai la première.

« Je le savais, répondit-elle. La Sheikha ne peut pas se tromper ! »

Puis elle recula de quelques pas, posa ses mains sur ses hanches et me regarda des pieds à la tête avant de dire :

« Alors, te voilà mère ! »

Les jours qui suivirent, comme si elle sentait que je voulais m'entourer de mystère, elle ne m'en parla plus, mais elle me jetait un regard complice.

Un peu plus tard, je le dis à Ammal. D'abord elle se mit à pleurer dans la crainte que je ne l'aime plus autant. Je me mis à genoux pour lui répéter qu'elle était ma première petite fille et que je ne pouvais pas l'oublier. Je sentais entre nous un lien qui allait au-delà des mots.

Ammal avait plus de huit ans maintenant. Ses ongles étaient toujours cerclés de terre et ses doigts secs comme des fagots. Elle continuait à faire des figurines qu'elle venait me montrer.

« Quand je reste sans rien faire, mes doigts brûlent ! » disait-elle.

Lorsqu'elle parlait de ses figurines, elle avait un sourire qui venait de très loin :

« Je les aime, disait-elle, je les aime plus que mes frères, plus que mon oncle Abou Mansour ! »

Ces petits objets de terre, ce n'était rien encore. Mais quand Ammal en parlait, elle découvrait un monde.

Elle serait sauvée, Ammal, parce qu'elle possédait un amour qui s'exprime. Un amour qui ne s'épuise pas, et qui vit aussi longtemps que le sang qu'on porte. Je le pressentais plus qu'elle-même. Aider Ammal, la sauver, c'étaient les seuls moments où je découvrais un sens à ma vie. Elle partit, ce soir-là, rassurée et heureuse.

La présence de l'enfant s'imposait et je ne pouvais la cacher plus longtemps à Boutros :

« Il était bien temps ! » me répondit-il.

***

« Ce sera un fils ! » disait Boutros.

Je sursautai, et tout d'un coup, comme si je pouvais les toucher, je vis deux Boutros l'un près de l'autre qui avançaient vers moi.

J'essayai de me raisonner et d'imaginer mon fils semblable à ces enfants qui jouaient souvent sous mes fenêtres. Ils s'amusaient de tout, de pierres, de vieilles planches, de ce mélange de boue et de paille qui sert de combustible l'hiver. J'essayais de me représenter ce fils au milieu d'eux, pareil à eux avec des yeux noirs et un rire. A l'instant même, l'image s'amplifiait, se déformait et c'était de nouveau un autre Boutros qui marchait vers moi, avec la corpulence et les pieds ridicules de son père.

La nuit, lorsque je me sentais oppressée et que je me tournais entre mes draps pour me plaindre doucement, j'entendais leurs voix s'élever. Celle de Boutros et celle de son fils ; tous deux criaient que je les empêchais de dormir. Puis je les trouvais debout, près de mon lit. Ils avaient allumé la lampe de chevet qui donnait une lumière blafarde à travers le tissu soyeux de l'abat-jour. Ils se penchaient vers moi, ensemble, tous les deux. Ils portaient la même chemise de nuit en toile blanche, qui descendait jusqu'aux mollets et dont l'encolure en pointe était déboutonnée. Ils avaient le même nez étroit dans un visage qui luisait de graisse et de sommeil. Leurs épaules se courbaient comme si une bosse leur pesait sur le dos. Leurs deux ombres étaient sur mon drap : « Qu'as-tu encore ? disaient-ils. Tu nous empêches de dormir. »

« Ce sera un fils ! disait Boutros. J'ai demandé à Rachida de m'envoyer un grand portrait de sainte Thérèse. Je ferai des neuvaines, l'une après l'autre, jusqu'à la naissance. Et une lampe brûlera tout le temps ! »

Le portrait arriva dans une caisse de bois, avec une réserve de bougies plates qui pouvaient surnager dans un verre rempli d'huile. C'était une grande photo en couleurs dans un cadre doré. Boutros la fit clouer au mur par Abou Sliman. Dessous, on mit une table haute, avec un verre pour la bougie.

« Il faudra ne jamais la laisser s'éteindre, dit Boutros. Tu y veilleras. Et les fleurs, tu en remettras tous les jours ! »

Je veillais la petite flamme. Je changeais l'eau des fleurs. La Sainte avait un visage de jeune fille, elle me devenait familière, et tous ces rites m'ennuyaient pour elle. Dès que Boutros franchissait le seuil, il allait se mettre au bas de l'image, et marmonnait des prières en se frappant la poitrine. J'étais derrière lui, et je criais à l'intérieur de moi : « Que ce soit une fille ! Il faut que ce soit une fille ! » Je criais très fort à l'intérieur de moi comme pour conjurer les paroles de Boutros, pour conjurer surtout la montée de la flamme dont la présence incessante m'inquiétait un peu.

Si c'était une fille !... C'est à moi qu'elle ressemblerait. Ou plutôt à ce que j'aurais voulu être. Elle sera belle, ma fille ! Je la ferai forte, humaine et de cette vraie bonté si différente de l'autre, celle qu'on vous fabrique avec son odeur rance d'objets qui séjournent longtemps au fond des armoires. Mais pourrais-je faire de ma fille ce que je désirais ? Confinée dans ces trois pièces sans vie, le pourrais-je ? A cette pensée, il me prenait l'envie de fuir.

Ces nuits-là, je me réveillais en sursaut et couverte de sueur. Dans l'espace de quelques secondes je vivais une chose, puis l'autre. J'emportais ma fille et je fuyais. Un courage qui forçait tout était en moi et les peurs s'écroulaient comme de vieux et monstrueux décors. Ou bien alors des questions s'embrouillaient dans ma tête. Où irais-je ? Je n'avais pas de fortune. Mon père, mes frères me renieront et personne ne me fera travailler. On me rattrapera sur les routes. Peut-être dira-t-on que je suis folle, et on m'arrachera l'enfant ? J'étais à nouveau figée par la peur.

Je prenais une décision, je prenais l'autre. J'étais si profondément dans l'une qu'il me semblait que l'autre n'avait jamais existé. Mais elle revenait à la charge et jetait la première dans son ombre. Mille raisons faisaient que je devais fuir, mille raisons que je devais rester. Les idées les plus contradictoires se mêlaient en un flot, et il m'arrivait parfois de me demander : « Où suis-je moi, dans tout cela ? »

Je n'avais pas résolu ce débat lorsque l'enfant naquit.

***

C'était un vrai mot, ce mot de « délivrance ».

Tout chantait en moi. J'avais le cerveau et le cœur délivrés. Je respirais en cadence. Il me semblait que je flottais entre des couches d'air et que rien d'anguleux ne pouvait me toucher. Le temps était en arrêt. J'abordais une île ronde et verte à la frange lumineuse. Une chaleur très douce montait le long de mes hanches et s'attardait autour de ma poitrine, qui me semblait légère et tiède.

Rachida était arrivée quelques jours avant la naissance. « Elle répond toujours à mon appel, m'avait dit Boutros. Quel dévouement ! Quand elle sera ici, je serai tranquille. C'est elle qui prendra tout en main ! » Rachida était venue avec trois valises. Elle s'installait pour de longs mois. « C'est elle qui élèvera mon fils ! avait dit Boutros. Nous avons les mêmes principes, ma sœur et moi ! »

A présent, Rachida portait une blouse grise, dont les manches remontées autour des coudes laissaient paraître ses bras olivâtres. Elle donnait des ordres à la sage-femme. « C'est Rachida qui choisira la sage-femme », avait dit Boutros. Elle s'agitait, Rachida, elle remuait l'eau dans les cuvettes. Elle disait : « Le coton est sur la dernière étagère à droite... Reprenez de l'alcool. » Elle ouvrait l'armoire à linge. « Voici encore un drap ! » disait-elle.

C'était également Rachida qui, tout à l'heure, avait dit : « C'est une fille ! »

Sans se retourner vers moi, elle avait jeté ces trois mots par-dessus son épaule.

Rien n'arrêtait ma joie. Je n'avais pas encore vu ma fille, pourtant je la sentais proche. Je m'abandonnais à mes sensations. Je me balançais à mi-air. Une pluie très fine et la caresse de longues feuilles m'enveloppaient le corps. Mes cheveux à leur racine étaient légèrement mouillés de sueur. Mon front était doux comme l'envers des ailes de pigeons, j'y glissais mes doigts. De petites vagues parcouraient mes bras et mes jambes; et ce sourire sur mon visage, j'aurais pu le dessiner.

Rachida ôtait sa blouse grise qui s'ouvrait dans le dos. Elle se débattait avec les boutons, elle maugréait: « Comment annoncer à Boutros, le malheureux, que ce n'est pas un fils ? » Puis, elle s'approcha de moi. Elle était debout, ses genoux frôlaient mon matelas. Elle baissa la tête pour me parler, et son menton touchait sa poitrine. Son regard dur tomba sur moi: « Je repars maintenant, dit-elle. Je prends le train, ce soir même. Je ne pourrai supporter longtemps la déception de Boutros, le malheureux!... Puisque ce n'est qu'une fille, vous n'avez pas besoin de moi ! »

Ma fille, qu'on ne m'avait pas encore montrée, était là. Je n'étais plus seule. J'étais comme dénouée. J'allais pouvoir aimer, me faire aimer à toute heure.

Des larmes s'étaient fixées dans mes yeux, elles me faisaient belle. J'étais belle et épanouie. Je chantais entre mes tempes.

Sans un mot de plus, Rachida partit. Elle partit sans même fermer la porte de ma chambre derrière elle ; mais je n'écoutais pas ce qu'elle disait à son frère dans la pièce à côté. Soudain, la porte d'entrée fut ouverte avec fracas, comme si on l'arrachait à ses gonds. « Je sors respirer », criait Boutros, et ses pas s'engouffrèrent dans l'escalier.

***

Maintenant, j'entendais distinctement ses pas qui se mêlaient au bruit de sa canne. Vlan ! Vlan ! Il frappait avec sa canne contre la rampe. Vlan ! Il tapait de toutes ses forces. Cela résonnait jusque dans ma chambre.

Ma fille était là ! C'était son cri que j'entendais. Bientôt je la tiendrais contre moi. La joie tremblait dans ma poitrine.

Tout au long de l'escalier, Boutros frappait sa canne contre la rampe. Il tapait furieusement : « Une fille... Une fille... » devait-il répéter. Le mouvement brusque de son bras secouait ses épaules, les pas rapides de Rachida le suivaient, elle devait se demander ce qu'elle pouvait faire pour son frère, « le malheureux » ! La canne s'abattait sur la rampe, sur les fleurs en fonte de la rampe. Chaque coup résonnait dans ma chambre, avec un bruit assourdissant et métallique qui ne m'atteignait plus.

TROISIÈME PARTIE

IX

Avec Mia je retrouvais la vie.

Ma tristesse se détachait de moi comme une peau morte. Physiquement aussi, je me transformais. J'avais le corps plus mince. Je l'arrachais à cette indifférence qui en avait fait une masse traînée à ma remorque.

Tout, jusqu'au moindre de mes gestes, vivait. Mes pieds contre le sol, je les sentais, et l'air autour de ma nuque. Le corps de Mia contre le mien, je le sentais. Les bras de Mia autour de mes jambes, les bras de Mia autour de mon cou.

Les objets eux-mêmes se mettaient à vivre. Je me découvrais, pour Mia, une langue de magicienne. Les tasses devenaient des barques, caressées par les queues émaillées des poissons. Entre les plis des rideaux se cachaient des forêts et leurs troncs étaient des flûtes pour le vent. Les tapis se transformaient en villes mystérieuses où un monde de génies et de fées dansait tout au long des nuits. La tour en bronze doré avait été réduite par la foudre, mais elle se souvenait du nom de chaque nuage.

Je croyais ouvrir les yeux à Mia, et c'étaient les miens qui s'ouvraient aussi.

Om el Kher avait été déçue, comme les autres, que ce ne fût pas un fils. Au début, de peur d'éveiller mes regrets, elle n'avait même pas osé me féliciter. Mais je rayonnais de tant de joie qu'elle s'en aperçut.

Elle commença par me questionner au sujet de l'enfant. Puis, un jour, elle demanda à le voir de plus près. Dès qu'elle s'en approcha, elle lui trouva toutes les qualités. Elle éleva ensuite la voix pour dire :

« Les filles !... Il n'y a que ça ! Y a-t-il un seul de mes fils qui m'ait donné autant de joie que Zeinab ? Qu'Allah me la garde, cette enfant de mon âme ! »

Elle riait. Elle frottait ses mains l'une contre l'autre, on aurait dit un bruit de parchemin. Elle promenait sa vieille tête fripée à droite, à gauche, pour faire sourire Mia. Elle disait : « Elle va sourire !... Tu vas voir qu'elle va sourire ! » Elle inventait des grimaces. Elle tirait sa langue grise en écarquillant les yeux. Elle faisait de larges mouvements de bras, et sa robe était agitée de vagues. Mia souriait. « Ah !... soupirait Om el Kher, le sourire d'un enfant, ça vous dilate les veines ! »

Elle s'enhardissait alors et forçait ses grimaces. Elle plissait le front en un effort pour retrouver les chansons de son enfance. Des bribes de phrases lui revinrent en mémoire et elle se mit à chanter en se balançant sur ses pieds :

Mes cheveux peuvent blanchir
Et mes mains se rider
Mon enfant est venu
Du soleil plein les lèvres.

Elle chantait d'une voix éraillée, et Mia, assise, se cramponnait aux barreaux de son lit pour mieux écouter :

La lune est son amie
Tous les oiseaux l'attendent
Mon enfant est venu
Et le cœur me tient chaud.

Om el Kher chantait toujours. Le bonheur était dans la chambre.

Le bonheur ! C'était donc un mot auquel j'avais droit, moi aussi ? J'aurais voulu le prendre entre mes mains, comme un fruit ou une chose, et qu'il se reflète dans des miroirs innombrables pour que tous en aient leur part. Mais l'indifférence est telle, que même le bonheur trouve difficilement accès dans le cœur des autres.

C'est Om el Kher qui voulut apprendre à Mia son premier mot : « Laissez-moi faire, dit-elle. Neuf enfants, dix-sept petits-enfants, j'ai l'habitude ! »

D'abord, Mia ne voulait pas. On aurait dit qu'elle défendait encore cette liberté d'exister en dehors des mots. Om el Kher adoucissait sa voix. Elle serrait, elle écartait les lèvres jusqu'à ce que Mia se prît au jeu. Le petit corps se dressait, les yeux étaient attentifs, mais de la bouche il ne sortait qu'un souffle.

Om el Kher revint tous les matins. Elle faisait déposer par Zeinab le cageot à légumes sous la table de la cuisine. Elle lui disait : « Descends, je te retrouverai tout à l'heure. Je dois voir l'enfant ! »

Le jour où Mia prononça son premier mot, Om el Kher se tourna vers moi : « Tu vois, me dit-elle, j'ai l'habitude ! » Le sourire éparpillait les rides de son visage dans tous les sens. Mia s'endormit aussitôt.

La sensation de Mia endormie...

Je me mettais à genoux pour la contempler. Je frôlais de mes lèvres ses bras qui pesaient sur le drap frais. Ses boucles se détachaient de l'obscurité et faisaient une ombre autour des tempes. Ses narines battaient. Sa bouche était à peine ouverte. Je posais ma joue dans sa paume. J'appuyais ma joue contre sa paume pour sentir la pression de ses doigts abandonnés et tièdes.

La voix de Boutros disait :

« Que fais-tu ? Tu es ridicule !... Tu vas réveiller cette enfant ! »

La voix de Boutros appartenait à un autre univers. Lorsque je regardais dormir Mia, jamais elle ne se réveillait.

***

Plus de trois ans avaient passé quand Mia et l'aveugle se rencontrèrent pour la première fois dans le sentier des Eucalyptus.

C'était un sentier court ; nous le prenions souvent pour échapper au soleil. Nous allions et venions sous son ombre. Les feuilles allongées et grises projetaient sur le sol des formes effilées comme des doigts de femme. Mia s'amusait à courir après ces ombres que la brise remuait. D'autres fois, elle me demandait d'écraser entre mes mains une feuille d'eucalyptus, pour qu'elle en sentît mieux l'odeur.

C'était un sentier tranquille. Il y passait

parfois une femme avec une jarre sur la tête, un marchand ambulant ou un homme sur un âne, avec un immense parasol blanc et de larges babouches qui tenaient miraculeusement à ses pieds.

Je reconnus tout d'abord l'aveugle à sa canne.

Mia jouait. Elle avait découvert une pierre plate et noire. Elle la lançait du côté des arbres, puis elle courait la chercher. La pierre retrouvée, elle poussait un cri de joie et revenait vers moi pour me la montrer. L'aveugle avançait d'un pas sûr. Le bout de sa canne effleurait à peine le sol. Quand il fut à mes côtés, il s'arrêta un moment, porta sa main à sa poitrine et dit :

« Ton enfant se fait grande. Je l'entends qui court.

— Elle a quatre ans ! répondis-je. Le temps passe.

— Je sais, dit l'aveugle, le temps passe ! Mais qu'Allah te garde cette enfant ! »

Depuis ma première visite au village, je n'avais pas revu l'aveugle. Mais si j'ouvrais ma fenêtre ou si je me promenais, il était là qui marchait dans la campagne. Je le suivais des yeux, il allait la tête haute. Souvent j'avais voulu lui parler, je croyais qu'il m'aurait comprise. Mais j'avais cette pudeur qui m'empêchait de me livrer, il fallait que tout l'effort vînt de l'autre. L'aveugle devait le savoir. Il connaissait aussi mon attachement pour Ammal et son secret, car il se tourna vers moi et me dit encore : « Tu as éclairé Ammal et son bonheur lui vient de toi. »

Mia s'était approchée de nous, elle toucha la robe de l'aveugle et se mit à caresser son bâton. Ses yeux vides ne l'étonnaient pas.

« Qu'Allah te garde à ta mère ! répétait-il. Une enfant c'est une seconde vie ! »

Mia caressait toujours le bâton, puis elle plaça la pierre noire dans la main de l'aveugle et dit : « Lance-la très loin. »

Il se pencha en avant et jeta la pierre assez bas pour qu'elle pût ricocher au pied des arbres. Mia me tirait par la manche : « Regarde, regarde ! » criait-elle.

« Qu'Allah te garde à ta mère. Qu'Allah te garde à ta mère », répétait l'aveugle. Puis il partit après m'avoir souhaité un jour béni.

« Pourquoi t'en vas-tu ? demanda Mia.

— J'ai une longue route à faire, répondit-il, et je dois marcher lentement.

— Pourquoi ? dit Mia.

— J'ai beaucoup d'amis sur la route, reprit l'aveugle, si je marche trop vite je n'aurai pas le temps de leur parler.

— Ah ! oui... » dit Mia.

Elle me tendit la pierre pour que je la lance à mon tour. Mais il était tard, et je me baissai pour soulever Mia. Je l'avais dans les bras et je me suis mise à courir.

Son corps est tiède comme celui des cailles, ses boucles frôlent ma bouche. Je cours. Elle rit : « Plus vite ! plus vite ! » crie-t-elle.

Le sentier des Eucalyptus est loin derrière nous. Elle tremble de joie, Mia. Elle tourne la tête pour regarder le champ de coton. Ses cheveux me couvrent la moitié du visage. Nous avons commencé à apercevoir la maison : « Plus vite, plus vite », criait Mia.

Que c'était loin ! La sueur glissait le long de mes tempes. Mes jambes étaient légères. Le poids de Mia entre mes bras m'animait. J'aurais voulu que le temps s'arrêtât, que ma vie ne fût plus que cette course.

Le soir, Boutros se moqua de moi : « Tu es ridicule ! dit-il. Tu te donnes en spectacle et tu n'as plus dix ans ! »

Je répondis : « Oui, oui... » sans entendre ma voix. J'étais ailleurs.

Je revoyais Mia comme si elle était encore dans mes bras et comme si je courais encore. La route filait. On sentait à peine l'odeur des arbres.

Le corps de Mia se laisse porter, ses narines se dilatent, ses boucles me caressent le visage. Elle crie : « Plus vite ! plus vite ! »

***

Ammal...

Elle venait parfois nous voir dans l'après-midi, lorsque Boutros était sorti.

Mon père m'avait envoyé un phono et quelques disques éraillés. Mia et Ammal s'embrassaient, puis elles me demandaient de faire tourner les disques et de leur mimer des histoires. La musique était confuse, elle évoquait mille images. Je disais : « Regardez, il y a une maison de cristal au bout de la route. Lorsque les oiseaux l'effleurent de leurs ailes, elle fait un bruit de grelots. Entendez-vous les grelots ? Je m'approche, je m'approche de la maison de cristal... »

Je disais encore : « Le sentier court sous mes pieds. Il court tout seul, je n'ai pas besoin de bouger et j'avance. Derrière chaque tige de coton, il y a une petite fille. J'ai une grande jupe avec des feuilles autour, semblables à celles des bananiers. Les petites filles s'accrochent à ma jupe et le sentier les entraîne avec moi... »

Ammal était assise par terre auprès de Mia, et toutes deux se tenaient la main. « Encore !... Encore !... » disaient-elles.

Je mimais toutes les histoires qui me traversaient la tête. Ma joie se confondait avec la leur. J'inventais de nouveaux gestes.

J'étirais mes doigts, comme si ce qu'ils voulaient toucher était très loin, au-delà de tout. C'était peut-être pareil à ce que voulait saisir Ammal avec sa terre. « Encore, encore », criaient les voix.

Je disais : « Regardez ! Il y a des fruits qui tombent de partout. Je ne sais pas d'où ils tombent. J'essaye de les recevoir entre mes bras, dans ma jupe. J'appelle partout pour qu'on vienne. Il y en a trop ! Il y en a pour tout le monde. Alors, j'appelle. J'appelle de toutes mes forces. J'appelle et personne ne m'entend. Personne ne vient ! »

Je dansais mon histoire. Ammal et Mia la vivaient.

Fatiguée, enfin, je venais m'asseoir auprès d'elles. Ammal fouillait dans son corsage et elle en sortait une statuette de terre.

« Elle est pour toi ! » me disait-elle.

La figurine représentait une mère et son enfant. Leurs corps étaient mêlés, et le visage de l'enfant surgissait d'entre les vêtements comme une plante plus jeune.

« Mon oncle Abou Mansour a trouvé les autres statuettes, dit Ammal. Il dit que je copie l'œuvre d'Allah et que je serai maudite. » Elle me raconta ensuite que son oncle avait jeté les statuettes par terre, et les avait piétinées. « Il faut les détruire, criait-il, sinon tu attireras les malheurs sur le village ! » Il lui avait défendu de recommencer.

« Mais j'en referai ! » reprit Ammal en me regardant. Elle plissait son front d'un air déterminé : « J'en referai toujours. Personne ne pourra m'enlever toutes celles que j'ai dans la tête ! »

Ammal ne céderait pas. Elle avait maintenant plus de douze ans et son désir se confirmait. Je sentais du feu dans son corps maigre. Ammal avait aussi le geste patient et tenace. Un cœur tourmenté et des mains de travailleuse. Des mains qui bâtissent.

J'aimais regarder Ammal. Elle était ce qu'il m'aurait fallu être pour saper les faux murs, heure après heure, sans découragement, et qu'ils s'écroulent avec l'ombre mauvaise qu'ils jettent autour des pas. J'aimerai Ammal. Je ne peux faire que cela, l'aimer encore plus. Être un peu de cette terre dont elle a besoin pour pousser.

Mia, elle-même, était fascinée lorsque Ammal parlait. Souvent je lui souhaitais d'être plus semblable à Ammal qu'à moi-même. Elles étaient heureuses, l'une près de l'autre. Mia avec ses boucles ; Ammal dans sa robe jaune qu'elle ne quittait pas. L'empiècement lui arrivait maintenant sous les aisselles ; au bas, pour l'allonger, elle avait ajouté une bande d'étoffe verte.

Lorsque Ammal s'en allait, Mia la poursuivait jusque dans la cage de l'escalier pour lui crier « au revoir ». Ammal descendait sans se retourner et l'on entendait le bruit, léger et ferme, de ses pieds nus sur les marches.

Peu après, c'étaient les pas de Boutros qui remontaient pesamment.

***

Le bonheur était si bien en place qu'il donnait au reste un aspect fragile et dilué. Seules les images de Mia me vibraient devant les yeux.

Mais parfois, la nuit, à trop vouloir penser à Mia, son image jouait de moi et s'effaçait. Il me devenait presque impossible de l'évoquer. L'émotion se mettait entre son visage et le mien. J'avais beau me redire son nom ou me rappeler un de ses gestes, l'image entière demeurait absente.

Je vivais de cet amour, je me rassemblais autour de lui. La haine de Rachida, la lourdeur de Boutros, et cette indifférence des miens n'avaient plus de prise sur moi. Je songeais aussi à un autre amour que je ne connaîtrais jamais. Ce rapprochement n'était pas sacrilège. L'amour est toujours grand; que ce soit l'amour d'un homme, d'un enfant, l'amour des autres, ou celui de créer que possédait Ammal. C'est celle-là, la réponse, la seule, à l'angoisse qui vous projette face à vous-même.

A l'intérieur de ma tête, ce n'était plus cette nappe stagnante. L'amour de Mia m'avait ranimée.

Et pourtant jamais je ne me suis assoupie dans le bonheur, comme s'il s'agissait d'une simple habitude à prendre. A chaque aube, je me disais : « Je suis dans le bonheur. » Quand j'entendais la voix de Mia et quand j'avais ses bras autour de moi, je me répétais : « Je suis dans le bonheur. » Si Ammal modelait auprès d'elle, en lui parlant doucement, je me disais encore : « Je suis dans le bonheur ! » C'était neuf à chaque instant. Si différent de ces trésors que l'on place au fond de boîtes sombres et qui sont, croit-on, l'assurance d'une vie. J'égrenais mon bonheur. Je le tournais et le retournais entre mes mains. Je n'en perdais pas un seul aspect.

D'autres fois, ce bonheur m'inquiétait. Il me semblait qu'une menace pesait sur lui. Il y avait des jours où cette peur s'installait et me poursuivait jusque dans mes rêves.

Je me souviens d'un de ces rêves.

Nous marchions, Mia et moi, nous tenant par la main. Et puis, il y eut une clairière.

Des arbres en cercle autour d'un gazon très vert. Un gazon d'un vert beaucoup plus vif que ceux que je connaissais. Il y avait de l'eau et, dans l'air, cette douceur. Sur nos bras nus, dansaient les reflets d'une lumière verte, elle aussi, mais d'une grande transparence, comme le miroitement d'un lac. Les arbres devinrent plus longs. Leurs feuilles ne formaient pas des masses compactes, elles ressemblaient à une pluie légère, soulevée par une brise incessante. On aurait dit que des papillons invisibles les caressaient de leurs ailes.

Tout était calme. Je ne regardais pas Mia. Il me suffisait de sentir sa main dans la mienne pour avoir l'impression de me pencher sur elle.

Et puis, j'aperçus un homme entre les troncs d'arbres.

L'homme était habillé d'un costume de flanelle blanche. Un costume neuf et fraîchement repassé. Il portait des chaussures blanches et une cravate blanche. Il était grand et mince. Étroit comme un cierge. Je ne voyais pas son visage, ou du moins je n'en garde aucun souvenir. Mais ses cheveux souples étaient d'un noir luisant.

De sa longue main, il me faisait signe de venir le rejoindre. Je me détournai avec un irrésistible dégoût. Je ne sais ce qu'il y avait dans ce blanc et ces cheveux luisants qui me donnait la nausée.

Je sentais toujours dans mes doigts la main de Mia, et pourtant, je vis dans le même instant, à quelques pas de moi, Mia qui s'éloignait. Tout d'un coup, elle fut près de l'homme et ils se tendirent les mains. Je ne pouvais rien faire pour la retenir. Je voyais leurs mains ouvertes qui s'appelaient. Mia avançait vers l'homme avec une grande douceur. Je ne pouvais rien.

Elle avançait. On aurait dit qu'elle marchait un peu au-dessus du sol. Mes pieds et mes mains étaient glacés. Je me sentais malade, très malade, et je ne pouvais pas bouger.

Quand leurs mains se rejoignirent, ils basculèrent dans le vide, ensemble, derrière le rideau d'arbres...

X

Mia venait d'avoir six ans et elle m'arrivait à la taille. J'avais fini par obtenir de Boutros de l'emmener en ville pour lui acheter des vêtements.

Abou Sliman nous avait déposées à la gare, la ville était à deux heures de distance. Dans le compartiment Mia était assise sur mes genoux. Il me semblait laisser derrière moi tout un monde. Le train avançait avec un bruit assourdissant. Le village, ma chambre et la voix de Boutros devenaient des souvenirs. Je croyais partir vers une vie neuve, aussi neuve que cette jeunesse que Mia m'avait redonnée, et je me laissais aller à mon illusion.

Je me penchai pour regarder la voie. J'aurais voulu que le train allât plus vite, qu'il abandonnât tout derrière lui. J'aurais voulu qu'il traversât des continents et qu'il ne s'arrêtât jamais. Ou, s'il devait s'arrêter, que ce fût dans un pays sans mémoire.

Mais les trains ont des rails et des gares. Je descendis du marchepied et Mia sauta dans mes bras.

Nous étions parties à la découverte de la ville, elle ressemblait, en moins grand, à la ville de mon enfance. Nous longions les magasins, et nous nous attardions devant les vitrines. Je me sentais libre. Je tenais ma fille par la main. Boutros était loin. Tout d'un coup, son existence même me sembla un mythe.

Nos pas étaient légers. Nous avons ri, Mia et moi, tout au long des trottoirs.

***

Ce ne fut qu'une semaine plus tard que Mia eut la fièvre. Elle accepta d'abord de garder le lit comme s'il s'agissait d'une nouvelle aventure. La poupée et l'ours pelé, les morceaux de bois de sa construction, les tasses minuscules s'entassaient sur sa couverture. Mia parlait à sa poupée : « Nous faisons un voyage, disait-elle. Mon lit, c'est un bateau ! »

Au début, je n'avais pas d'anxiété. Mais à la fin de la semaine, la fièvre persistait toujours et je demandai à Boutros de faire venir le médecin.

« Ce n'est rien, ça passera », répondit-il. Puis il tapota la joue de Mia et ajouta : « Cette enfant n'est pas malade ! N'est-ce pas, Mia, que tu n'es pas malade ? »

Mia souriait : « Non, je ne suis pas malade. »

Elle me posait sans cesse des questions et me demandait des histoires. Si elle entendait les pas d'Abou Sliman, elle criait son nom : « Abou Sliman ! » jusqu'à ce qu'il apparût ; elle lui tendait alors, en souriant, sa petite main.

Peu de temps après, l'inquiétude me reprit. J'avais remarqué que, depuis deux jours, Mia n'avait pas changé la robe de sa poupée. L'enfant ne paraissait pas souffrir ; pourtant, la nuit, elle geignait doucement. Sa fièvre ne la quittait pas. Je voyais une ombre se dessiner autour de ses yeux ; et, au creux de ses mains, il y avait cette perpétuelle moiteur.

« C'est ce voyage à la ville, dit Boutros. Elle n'est pas habituée à l'air des villes. » Il ajouta que je ne pensais jamais qu'à moi : « Voilà le résultat ! » dit-il.

Cette fois, j'insistai : « Fais venir le médecin, Boutros, cela fait trop longtemps que ça dure !

— Bon, dit Boutros, je lui téléphonerai. »

Il murmura, pour lui seul, qu'on ne pouvait jamais être tranquille. Avant de quitter la chambre, il se pencha au-dessus de Mia : « Alors ? Tu ne souris pas à ton père ? » dit-il.

Je répétai : « Il faut appeler le médecin, Boutros, aujourd'hui même ! » Mais il partit sans rien dire.

Je restai un moment immobile. Puis, à la pensée que Boutros oublierait, je me mis à courir. Je traversai les deux pièces, le vestibule, et penchée au-dessus de la cage d'escalier, je criai encore : « Boutros, il faut que le médecin vienne aujourd'hui ! » Je répétai : « Aujourd'hui même ! »

Boutros ne répondit pas. J'entendis ses pas sur les marches. La porte des bureaux s'ouvrit et se referma derrière lui.

Je revins dans la chambre de Mia, et je m'arrêtai soudain au seuil, saisie par la vue de son lit. Il me sembla plus grand que de coutume, et le visage de Mia se perdait entre les draps. Il faisait sombre dans cette chambre avec les volets tirés. Un faible rayon s'était fixé sur les jouets, en tas sur l'édredon bleu. Ils étaient amassés au pied du lit. On aurait dit un tertre. Cette idée s'ancra. Je n'arrivais plus à distinguer un jouet de l'autre. C'était une masse qu'une lumière blafarde détachait de l'obscurité. Un tertre.

Je demeurai près du seuil, sans oser faire un pas. Les jouets ressemblaient à un monceau de pierres. Ils m'effrayaient. Au-dessus d'eux, le rayon lumineux formait un triangle dans lequel tournoyait la poussière. Il jetait sur ce tertre une transparence grise.

L'angoisse me clouait sur place. Il aurait fallu pourtant la rendre absurde, toucher ces jouets et relever la tête de Mia sur l'oreiller. Je ne savais plus qu'une chose ; si le médecin tardait, tout serait perdu. Il fallait le redire à Boutros, le crier à Boutros. De nouveau j'ai traversé les pièces, le vestibule, j'ai couru dans l'escalier avec cette phrase sur les lèvres : « Il faut le médecin ! »

Devant les bureaux, je tournai brutalement la poignée et je courus dans la salle sans me soucier de la stupéfaction des employés. La porte de Boutros était entrouverte. Boutros était assis derrière son bureau, et il cherchait des papiers dans un tiroir.

A peine entrée, je me mis à crier : « Tout de suite, Boutros. Il faut un médecin, tout de suite !

— Mais je viens d'arriver, dit-il, donne-moi le temps ! »

Je me remis à crier. Derrière moi, j'entendais un remous de chaises. La porte était restée entrebâillée, et il me semblait que les employés parlaient :

« C'est la petite fille qui est malade ?
— Les enfants font souvent de la fièvre, ce sont les nouvelles chaleurs !
— Les mères s'inquiètent toujours ! »
Boutros faisait claquer ses mains. Quelqu'un entra :
« Ferme cette porte, dit-il, et fais-nous servir deux sirops de mûre bien glacés. »
Quand l'employé fut sorti, Boutros ajouta : « Des sirops bien glacés, cela te calmera ! »
Mais je ne me calmais pas. J'avais les bras tendus et les mains appuyées sur le bureau. Je faisais face à Boutros et je criais encore : « Il faut le médecin ! »
Boutros décrocha lentement l'écouteur du téléphone. Puis, il le reposa et débrouilla les fils. « Je ferai couper ces fils, ils sont trop longs, dit-il. Assieds-toi, assieds-toi donc. » Il me parlait comme on parle à une femme qui perd la tête.
Abou Sliman arriva avec deux verres de sirop sur un plateau d'étain. Je refusai de boire. Boutros haussa les épaules et fit signe au domestique de déposer le plateau et de s'en aller. Il tenait maintenant l'appareil, et il buvait à petites gorgées. Il y avait des taches d'encre verte sur le cuir du bureau, la bande dorée qui le bordait s'était détachée par endroits. J'étais restée debout, pendant que Boutros demandait le numéro.

L'impatience m'aurait fait pleurer. Je croyais la minute perdue irréparable. Tout d'un coup, dans l'appareil, une voix répondit, mais avant que Boutros n'ait eu le temps de dire un mot, je lui avais arraché le récepteur des mains.

« Tu es folle ! » dit-il en me repoussant. C'était lui qui parlait maintenant. On lui dit que le médecin était en visite, et qu'il ne pourrait venir que le soir. « C'est bien, dites-lui qu'il vienne ce soir ! »

Quand il eut fini, il se tourna vers moi : « Cesse de t'agiter ou je me verrai obligé de faire venir Rachida. Si je lui écris, elle viendra. On peut compter sur Rachida. Mais je pense que nous avons assez abusé d'elle jusqu'ici ! »

L'image de Rachida penchée sur mon enfant me glaça. Il me fallait retrouver le calme. « Mais non, je suis calme, Boutros. Il faut comprendre, j'ai eu peur. Cela va mieux maintenant. » Je lui dis ensuite que j'allais remonter auprès de Mia : « A tout à l'heure. Tu vois, je suis calme maintenant. »

Dans la pièce voisine, je passai entre les rangées de tables. Les employés firent le geste de se lever à mon passage, et Brahim, celui qui avait une verrue au coin de l'œil, m'accompagna jusqu'aux marches : « Les enfants font souvent de la fièvre, dit-il. Ce sont les nouvelles chaleurs. »

Dans sa chambre, je trouvai Mia endormie. Sa respiration était régulière. J'ôtai, un à un, les jouets qui m'avaient terrifiée. Je les séparai l'un de l'autre. Ce n'étaient plus que des jouets ! Un cube de bois, une poupée aux cheveux décollés, une maison aux volets verts. Je les mis dans le fond de l'armoire. Je m'étais effrayée pour rien. Les jouets ne sont jamais que des jouets, et partout des enfants tombent malades et guérissent. J'étais calme. Mais il fallut attendre jusqu'au lendemain l'arrivée du médecin.

La nuit réveilla mes fantômes. Je m'étais assise dans un des fauteuils que j'avais approché du lit de Mia. Sur l'édredon bleu, nos mains se tenaient. Boutros dormait dans la chambre à côté. On l'entendait ronfler.

Les heures ne finissaient pas. J'avais déposé sur le sol la lampe, pour ne pas fatiguer Mia. A cette clarté, je pouvais observer son visage. Je me forçais à croire qu'une attention soutenue empêcherait un malheur et, lorsque le sommeil me submergeait, je me réveillais en sursaut, saisie de remords. Il me semblait qu'une présence fatale était déjà dans cette chambre, et que la lutte commençait entre elle et moi. Réveillée, je me sentais forte. Je tenais la main de Mia et je tâtais son pouls, l'enfant respirait mal. Je voulais la savoir endormie, et assumer cette bataille seule. Je mettais toute ma force dans mon regard, pour qu'il la protégeât.

A six heures, lorsque Mia se réveilla, j'avais l'impression de l'avoir sauvée de sa nuit.

*
* *

Le médecin n'arriva que plus tard dans la matinée. Après avoir examiné l'enfant, il dit que c'était une mauvaise typhoïde. Puis, il s'assit. Il tira, de sa serviette de cuir noir, une feuille d'ordonnance, et il se mit à chercher son stylo dans toutes ses poches. « J'ai dû l'oublier », dit-il.

J'allai dans le salon pour chercher une plume et de l'encre, et je dis à Abou Sliman de prévenir Boutros que le médecin allait bientôt partir. Mia pleurait de m'avoir vue m'éloigner. Elle ne pouvait plus se passer de moi et, dès que j'approchais d'une porte, ses yeux m'appelaient. Je tendis la plume au docteur, qui, les jambes croisées, jouait avec la fermeture éclair de sa serviette de cuir. Tandis qu'il rédigeait l'ordonnance, il répéta que c'était une mauvaise typhoïde et qu'on aurait dû le faire venir beaucoup plus tôt. Il fallait maintenant observer tout ce qu'il avait écrit, l'observer à la lettre.

J'essayai de chasser mon inquiétude. Je me répétai : « Avec des soins, elle va guérir. » Je dis tout haut : « Avec des soins, elle va guérir. » Le médecin ne m'écoutait pas. Machinalement, il fit oui de la tête, mais son regard était ailleurs. Son regard fixait le rideau de la fenêtre, comme s'il cherchait à savoir de quelle matière il était fait.

Dès qu'il fut parti, je lus la feuille et fis venir les médicaments, puis je me mis à soigner Mia avec application. D'un crayon rouge, je marquais sa température sur une grande feuille de carton. J'avais le geste appliqué et précis. J'ai recouvert toutes les tables de nappes blanches. Je me suis habillée de blanc. Comme si, grâce à tout cela, je conjurais la maladie.

Mia devenait indifférente à ses jouets ; elle acceptait les soins avec une résignation qui n'était pas de son âge. J'essayais de lui raconter des histoires. Les mots venaient lentement ; j'avais du mal à trouver des images. Mia détournait la tête et répétait : « Non, non... » comme si le son même de la voix la fatiguait.

Le médecin revint régulièrement. Un jour, il dit qu'il amènerait un confrère en consultation.

Je craignais que mes nerfs ne me lâchent. La nuit surtout, avec le poids de l'ombre et de la journée sur moi. Mon inquiétude grandissait. Parfois, je bondissais hors de mon fauteuil et, debout, je me mettais à scruter le visage de Mia. J'approchais ma joue de sa bouche, et son souffle était brûlant. Je voulais que le matin arrivât et qu'il fît culbuter mes peurs. Et dans le même temps je craignais qu'il ne me rapprochât d'une issue plus affreuse.

Ces jours-là ont passé, eux aussi.

Je ne me souviens plus de rien. Il y a Mia partout. Je ne sais rien d'autre.

Je ne sais si le médecin revint. Boutros était-il souvent près du lit ? J'entends, mais comme dans une brume, la voix d'Om el Kher: « Mon âme est avec toi », disait la voix. Dans un coin du salon, des sanglots étouffés, qui sont peut-être ceux d'Ammal ? Et un jour, je crois qu'Abou Sliman m'apporta un petit panier d'osier pour Mia, de la part de l'aveugle. Je me souviens à peine de tout cela. Je ne me souviens de rien d'autre. Pourtant, les jours furent longs.

Le matin de ma vraie mort, Mia me regardait, et elle souriait, ce matin-là.

Je m'étais penchée pour prendre ce sourire au coin de ses lèvres, quand elle se retira de moi pour toujours.

***

Au bas de l'escalier, il y a les femmes du village. Elles restent l'une près de l'autre. Une masse noire et immobile. Au début, elles ont poussé des cris de deuil qui sont comme les hululements des chats-huants. Mais, depuis deux jours, elles se taisent et elles restent là, sur les quatre dernières marches, tout en bas. Si quelqu'un veut monter, elles se serrent un peu plus pour lui céder la place. Elles ne disent rien depuis deux jours. Elles ne se demandent même pas si je sais qu'elles sont là. Pourtant, elles restent au bas de l'escalier. Om el Kher, Zeinab, Ratiba et les autres n'ont pas bougé de toute la nuit. Elles ont pris du pain sec, de quoi les soutenir, et elles l'ont gardé sur leur poitrine, entre la robe et la peau. Le jour, elles sont assises, le menton dans les mains. La nuit, elles dorment sur les marches.

Une grande tache de silence au bas de l'escalier, elles gardent ma peine.

Et moi, je suis là-haut, dans la chambre de Mia. Sur une chaise. Un de mes bras passe par-dessus le dossier et pend. Personne n'a pu me faire bouger d'ici. Du salon, des voix me parviennent. Boutros reçoit les condoléances.

« C'est la volonté de Dieu », disent les religieuses. Elles ont passé deux nuits à veiller l'enfant mort.

« Qu'ai-je fait au Ciel ? dit Boutros. Je suis un homme juste.

— Il faut vous reposer, disent les employés. Cela ne sert à rien de perdre ses forces.

— C'était un ange ! disent les religieuses. Dieu la voulait pour lui.

— Moi, dit une voix de femme, moi aussi j'ai perdu un enfant ! Mais, depuis, Dieu m'a comblée. »

Sur les dernières marches, Om el Kher est silencieuse. Et Zeinab, et Ammal, et les autres sont silencieuses. Abou Sliman va parfois se pencher au-dessus de la rampe, pour prendre part, lui aussi, à ce silence.

« Qu'ai-je fait au Ciel ? répète Boutros. Je suis un homme juste, et il pleure bruyamment.

— Vous êtes chrétien, disent les religieuses. Que la volonté de Dieu soit faite !

— Mon fils aussi a eu la typhoïde, dit une voix. J'ai failli le perdre !

— Il faut du courage, dit quelqu'un à Boutros. Vous aurez besoin de toutes vos forces. »

Je chasse ce bruit de mes oreilles. Je répète : « Ma vie, ma petite vie... » Je répète : « Où es-tu, ma petite vie ? » Je ne sais plus ce que je dis.

Je suis seule dans la chambre où Mia n'est plus. Elle est immense, tout d'un coup, cette chambre, et les pieds de ma chaise font des ombres maigres sur le plancher.

Encore ces voix autour de moi. On demande à me voir. Je dis « non ». Les voix sont toujours là. Elles remuent des souvenirs. Chacun a eu ses malades. Chacun a eu ses morts. Boutros explique combien l'air des villes est nocif aux enfants, et les voix l'approuvent. Est-ce que j'entends tout cela ? Je suis loin...

Et pourtant je ne suis pas seule.

Au bas des marches, il y a ces femmes qui gardent ma peine et qui ne prononcent pas un mot depuis deux jours.

XI

Je n'ai plus voulu vivre.

Était-ce la vie, que ces jours qui se suivaient sans but ? A présent, je souffrais bien plus que de l'ennui, et le sommeil ne pouvait m'apaiser.

Boutros portait un brassard noir. Lorsque j'essayais de parler de Mia, il se détournait d'un geste nerveux comme s'il voulait se préserver d'un souvenir pénible.

J'essayais de me raccrocher à mes moments de bonheur, de les rappeler, et en même temps j'éprouvais une espèce de crainte, comme si je faisais planer, par ma faute, un autre danger au-dessus de Mia. J'avais un cri de douleur en moi que rien ne calmait. Les jours venaient s'abattre les uns au-dessus des autres pour étouffer le passé, ils n'apportaient aucun répit. Mon mal ne cessait de brûler.

J'ai voulu en finir. Je savais où le fleuve était le plus profond.

C'était l'époque des récoltes, et Boutros rentrait tard. En fin d'après-midi, j'ai quitté la maison.

J'ai marché sur la route. La grand-route, celle qui borde le fleuve et qui mène à la ville. Le sol était d'abord poudreux et le ciel embrasé de plaques rouges. Je n'ai voulu penser à rien, ni à personne. J'ai rejeté de mon esprit Om el Kher et sa peine. J'ai rejeté Ammal que je trahissais. J'ai marché à la rencontre de ma mort. Plus je m'approchais, et plus elle me semblait familière, cette mort tant de fois haïe. Cette mort de ma mère si tôt enlevée, cette mort injuste de ma mère. Cette mort de Mia, cette insulte à la fraîcheur de Mia. Cette mort de l'homme qui a brûlé comme une torche. Toutes ces morts ! Oui, maintenant, cela devenait soudain simple et facile. Exaltant presque. Je répétais « Ammal, Ammal », comme si je voulais lui donner mon dernier souffle, et qu'il s'ajoutât à sa force. Je voulais qu'Ammal pût s'accomplir.

Quand le soleil décline, l'asphalte se refroidit et ne colle plus aux semelles. Chacun de mes pas se détachait avec un bruit distinct. J'ai marché au milieu de la route sans rencontrer d'autos. Sous le pont métallique, plus loin, à ma gauche, l'eau était la plus profonde.

J'allais de plus en plus vite et les tempes me battaient. J'ai couru sur la route et je croyais rejoindre toutes les routes du monde. J'entendais le claquement de mes talons sur l'asphalte. Le pont se teintait des dernières couleurs du soleil. J'entendais mes talons claquer sur l'asphalte, mais comme si c'étaient d'autres talons, qui n'appartenaient à personne et qui me poursuivaient de leur bruit. J'avais une rumeur dans la tête. La mort, ce n'était peut-être que cela, une rumeur très douce, comme celle qui tournait dans ma tête, et dans laquelle on n'aurait qu'à se jeter.

J'ai couru sur le pont, et je me suis arrêtée à l'endroit où l'eau était la plus profonde. Jaunâtre, avec de grandes rides qui s'effaçaient pour renaître. Je me suis accoudée sur le parapet pour mieux voir.

Je ne sais combien de temps cela a duré.

La nuit était tombée quand je me suis retrouvée sur le chemin de la maison.

Voici la route d'asphalte, la route poudreuse, le village, l'allée des bananiers et la maison blanche. Voici les escaliers, le vestibule, la tenture de velours que j'écarte, et la voix de Boutros.

« Est-ce une heure pour rentrer ? Où étais-tu ? Mais où étais-tu donc ? »

J'ai répondu : « J'ai marché loin et j'ai oublié l'heure !

— Que cela ne se reproduise pas, reprit-il. Abou Sliman a dû réchauffer trois fois le plat. »

Son bras s'agitait en direction de la cuisine. Son brassard noir s'était usé et avait perdu de son luisant.

« Je t'ai acheté une montre, dit Boutros. Il n'y a pas de raison pour que tu sois en retard. » Il continuait : « Et puis, quel sens y a-t-il à traîner sur les routes ? Je t'ai déjà répété que je n'aimais pas te savoir en dehors de la maison après cinq heures. M'entends-tu ? »

J'ai répondu : « Oui, Boutros », mais je pensais à l'eau du fleuve. Elle était sombre, cette eau, elle vous entraînait très loin, n'importe où. Vers l'oubli, ou vers Dieu sait quelle rencontre ?

« Le riz est trop sec et c'est ta faute, disait Boutros. Jamais je n'ai mangé un riz aussi mauvais. »

Le fleuve s'en allait. Il traversait les villes et les campagnes avec votre corps. Le fleuve vous promenait entre les rives où marchent les femmes chargées de branchages ou de jarres. Parfois un ânon gris trotte tout seul. Les saules pleureurs gaspillent une existence à se mirer dans l'eau. Le fleuve vous entraînait sous les ponts, vous découvriez l'envers des barques. Votre mort et celle du fleuve allaient se mêler, bientôt, au fond des mers.

« Om el Kher nous a apporté trois pots de miel, disait Boutros. Tu me feras servir de ce miel tous les matins, mélangé à de la crème fraîche. »

Le fleuve ne voulait pas de moi. Il ne voulait pas de la morte que j'aurais pu être. Il ne s'arrête pour personne, il continue sa route. Pour qu'il vous emporte, il faut courir après le fleuve ; sinon, il vous abandonne sur la berge. Il vous laisse à votre mort, à votre petite mort solitaire et sèche.

Entre ma douleur et la honte de n'avoir jamais rien accompli, je m'empoisonnais lentement. Chacun de ceux qui m'entouraient s'alourdissait de symboles, et prenait à mes yeux une importance démesurée.

L'image de Boutros dépassait Boutros. Je le faisais semblable au méchant dans les rêves d'enfants. Je le chargeais de ma souffrance et de celle du monde. Boutros était laid et sans amour. Il tuait l'élan du cœur, il priait des lèvres et il vous emmurait dans ses calculs. Sa voix, son corps massif étaient dans chaque souvenir, entre moi et les autres, entre moi et la vie, écrasant la joie la plus délicate. Boutros était mon étouffement ; et ma crainte de lui me gardait muette.

L'image de Boutros s'amplifiait, se mêlait à l'image de mon père qui n'avait jamais su se pencher que sur lui-même ; se confondait à l'image de mes frères qui ne respectaient que l'argent. La misère était partout, Boutros lui opposait son indifférence. Il devenait, à lui seul, tous ceux qui vivent de principes aussi desséchés que leurs âmes. A la pensée de tout ceci, je l'ai haï plus d'une fois.

J'étais seule. Ma raison de vivre, arrachée. Devant un mur qui rejetait ou déformait ma propre voix. Il faut me comprendre. J'avais trente ans à peine, et quel espoir me restait-il ? Un horizon bouché. D'autres, comme moi, ont dû sentir leur vie s'effriter au long d'une existence sans amour. Celles-là me comprendront. Si je crie, je crie un peu pour elles. Et s'il n'y en a qu'une seule qui me comprenne, c'est pour celle-là que je crie, que je crie au fond de moi, aussi fort que je le peux.

Mais bientôt, même pour les cris, il sera trop tard. Tout deviendra inutile. Bientôt, il ne restera plus qu'à faire le vide autour de soi, et à se terrer.

*
* *

J'ai commencé par éloigner Om el Kher. Les images de Mia s'accrochaient à elle, traînaient sur ses robes. Je ne pouvais plus le supporter. Om el Kher revenait pourtant avec fidélité, mais j'évitais sa présence.

Pour les mêmes raisons, j'évitais Ammal, je ne pouvais plus rien pour elle ! Je voulais le vide, le silence. Je refusais tout. Même le souvenir de Mia, je le refusais.

Souvent, avant de dormir, je sentais Mia auprès de moi. Ses bras autour de mon cou, ses pieds se blottissant entre mes jambes. Je me retournais entre mes draps. J'enfouissais ma tête dans l'oreiller. Je répétais : « Non. Je ne veux pas. » Le souvenir de Mia était tenace.

Une nuit, j'aperçus un visage collé à la vitre et qui me regardait. Qu'elle s'en aille, Mia ! Je m'étais levée brusquement pour tirer les rideaux. Sur le chemin blanchi par la lune, l'aveugle marchait. Je le reconnus à son turban très clair. Qu'il s'en aille, lui aussi ! J'étais debout près de la fenêtre, Mia ne s'y trouvait plus. Mais soudain, je la vis, montée sur l'épaule droite de l'aveugle. Ils me tournaient le dos et ils partaient tous les deux... Qu'ils s'en aillent ! Qu'ils s'en aillent tous ! J'ai tiré sur les cordons des rideaux, pour être dans le noir.

Le lendemain, je ne pouvais plus bouger de mon lit. Mes jambes étaient complètement inertes. J'en avais chassé la vie.

***

Boutros se frappait le front : « Que vais-je devenir ? répétait-il. Que vais-je devenir ? »

Tout d'abord, il essaya de me persuader que je n'avais rien. Il arracha mes couvertures. « Marche ! » me dit-il. Mes jambes n'obéissaient pas.

« Que vais-je devenir ? » se lamentait Boutros.

Il se mit ensuite à m'insulter et à se plaindre de tout ce qu'il avait subi jusque-là, à cause de moi. De nouveau, il me rendit responsable de la mort de Mia : « C'est à cause de cette promenade en ville, c'est là qu'elle a attrapé sa maladie ! » ajouta-t-il.

Lorsque le médecin arriva, Boutros s'inquiéta de savoir si j'étais contagieuse.

« Non, dit le médecin. Mais elle ne pourra pas bouger. Elle ne pourra s'occuper de rien pendant longtemps. Pourtant, à son âge, ça devrait passer. »

Boutros s'effondra dans le fauteuil et laissa ses bras pendre de chaque côté des accoudoirs. « Quel malheur m'arrive », répétait-il.

Le médecin s'était assis au pied de mon lit, il sortit de sa serviette de cuir jaune les feuilles d'ordonnance et tira son stylo de sa poche.

« Je ne l'ai pas oublié, cette fois », me dit-il.

Il écrivit sans se presser, et il ajouta au bas de la page une signature illisible.

« Vous ne pourrez pas bouger pendant longtemps », me dit-il. Puis, se retournant vers Boutros, il continua : « Les malheurs arrivent tous à la fois ! Cela fait à peine quatre mois, n'est-ce pas ?

— Six mois », dit Boutros, et il soupira.

Le médecin secoua lentement la tête. Puis il se leva, s'approcha de Boutros et lui mit la main sur l'épaule.

« Courage, lui dit-il, c'est comme cela. Les malheurs arrivent tous à la fois. »

Abou Sliman venait de rentrer. Il portait, sur un plateau laqué noir, trois verres d'eau et trois tasses de café. Le médecin se rassit dans l'autre fauteuil, près de Boutros. Tous deux buvaient le café, je n'avais pas voulu le mien. J'étais étendue et je regardais les deux hommes.

Je ne bougeais plus jamais. Je ne le voulais pas d'ailleurs. Ah, si je pouvais chasser aussi ce qui remuait dans ma tête. Je me répétais, sans cesse, que j'avais été faite pour autre chose. Je me répétais qu'une action seule aurait pu me libérer et que j'en avais été incapable.

***

Boutros ne tarda pas à faire appel à Rachida. Il écrivit la lettre sur la table ronde et je l'aperçus, par la porte entrebâillée, qui cherchait ses mots. Rachida ne tarda pas à lui répondre. Boutros larmoyait en parcourant ses lignes : « C'est comme si on venait de m'ôter un poids », dit-il.

Boutros ne revenait à la maison qu'à l'heure des repas, et Abou Sliman s'habitua très vite à m'asseoir tous les matins dans le fauteuil au grand dossier, qu'il poussait ensuite jusqu'au salon. J'y restais sans rien demander, excepté qu'on fermât les volets. La pénombre, parce qu'elle mettait du sommeil autour de l'agitation et des choses, permettait de fermer les yeux et d'oublier.

Le jour de l'arrivée de Rachida, Boutros ne cacha pas son impatience. Dès la fin du déjeuner, il partit avec Abou Sliman, pour ramener sa sœur de la gare.

C'était l'hiver et la nuit baissait vite. J'allumai la lampe à pétrole déposée sur une table à côté de moi. J'avais l'impression de savourer mes derniers instants de solitude. Bientôt Rachida sera là, et ses pas seront partout.

J'aperçus tout d'abord une ombre. J'avais dû somnoler car je n'avais entendu aucun bruit. L'ombre s'allongeait sur le tapis et se heurtait au coin du mur. Elle était étroite avec un visage en larmes. Puis je sentis le baiser de Rachida sur mon front.

« Qu'est-il encore arrivé à mon pauvre Boutros ? » dit-elle.

Rachida s'installa dans la maison, ou plutôt, elle reprit la place qui lui avait été gardée. Je sus vite à quel point chaque objet ici l'attendait. Il flotte autour d'un objet quelque chose qui appartient à celui qui l'a choisi. Quelque chose d'impalpable et qui ne s'efface pas. Près des immortelles, du meuble foncé chargé de bibelots et des rideaux opaques, Rachida était à sa place. C'est elle qui avait voulu la couleur grise du mur, avec ces impressions vers le bas qui imitaient le marbre.

Rachida donnait des ordres à Abou Sliman d'une voix cassante :

« Va chercher mes valises, et ne traîne pas. Tu sais que je n'aime pas attendre. »

Tandis qu'Abou Sliman descendait de son pas fatigué, Rachida allait et venait dans la maison. Elle avait ôté ses chaussures pour mettre ses pantoufles de feutre bleu qu'elle venait de tirer d'un large sac. Elle ne me prêta aucune attention. Elle se sentait soudain rajeunie, ces seize années n'avaient pas compté, elle se retrouvait, comme jadis, partageant la vie de son frère. Elle parcourait une chambre, puis l'autre, elle examinait chaque meuble. A présent, elle ouvrait mon armoire.

« J'enlève tes robes, disait-elle. Dans l'état où tu es, à quoi peuvent-elles servir ? Elles seront mieux dans ma valise. »

Elle s'était mise à décrocher mes robes et les jetait l'une sur l'autre. Abou Sliman remontait. Il portait d'une main une grosse valise bardée de lanières de cuir, sous l'aisselle il avait placé une valise plus petite entourée de cordes. Sur son dos, un énorme sac en toile verte. Il avançait péniblement.

« Enfin te voilà », dit Rachida, l'apercevant dans l'encadrement de la porte.

Elle sortait maintenant mes manteaux, mes lainages. « Tout cela doit être rangé autrement », disait-elle. Mes vêtements gisaient partout sur les fauteuils, sur les tables, quelques-uns avaient glissé sur le sol. « Il faudra nettoyer les armoires, reprit Rachida. Abou Sliman, va m'apporter ce qu'il faut. »

Abou Sliman partait, revenait avec une cuvette pleine d'eau savonneuse et une brosse. Rachida vidait ses valises. Il y avait du désordre partout.

Rachida s'installa. Elle ne m'accorda pas plus d'importance qu'à un objet encombrant qu'il fallait subir.

Deux années, je crois, s'écoulèrent ainsi.

*
* *

Au début de ma maladie, c'était à moi qu'Ammal remettait le fromage de son oncle Abou Mansour. Elle avait les yeux pleins de larmes quand elle me regardait. Rachida ne tarda pas à lui défendre l'accès du salon. Elle n'aimait pas Ammal et trouvait que je me donnais en spectacle.

La dernière fois que je vis Ammal, je trouvai la force de lui reparler de ses statuettes, et elle me promit de ne jamais les abandonner. « Je te le promets ! » me répondit-elle avec une passion soudaine. La seule lueur de volonté qui me restait était tendue vers elle. Je me disais que, si Ammal était sauvée, ma vie aurait eu un sens.

Des jours. Encore des jours à l'ombre des volets clos.

Parfois, j'entendais la voix d'Om el Kher près de la cuisine. Elle demandait de mes nouvelles. On lui répondait que les visites me fatiguaient. Et c'étaient de nouveau les pas de Rachida, les plaintes de Rachida, l'ombre de Rachida sur les murs, qui tissaient autour de moi une prison.

Ma présence ne gênait plus Rachida et Boutros. Ils parlaient de moi comme si je n'étais pas là. Au réveil, Rachida omettait de me dire bonjour. Mais Boutros, lui, n'oubliait pas ce baiser qu'il me donnait sur le front chaque soir, un rite dont il ne pouvait se défaire. Bientôt, toutes les pensées de ma journée viendraient se concentrer autour de cet instant où je sentirais le contact de ses lèvres sur ma peau.

Mes derniers sursauts de révolte se fixaient autour de ces minutes : la porte s'ouvrait et j'attendais, crispée, que les lèvres brunes me touchent le front. Un jour, je ne pourrai plus y tenir, je le sens bien.

Qu'est-ce que je dis ? Qu'est-ce que je viens de dire ? Les choses se mêlent terriblement. Une rumeur incessante dans ma tête. Tout s'embrouille. Et cette autre rumeur ? Qu'est-ce que c'est ?...

On dirait qu'on crie mon nom, qu'on crie

le nom de Boutros. C'est de plus en plus proche. Que s'est-il passé ?

Des pas montent et se pressent dans les escaliers. Je ne sais plus, je ne veux plus rien savoir. Je n'ai plus peur de rien. Qu'ils montent avec leurs pas et leurs cris ! Qu'ils soient partout dans la chambre, tous !

Je suis morte à cette histoire, et tout se tait en moi.

XII

Dans le vestibule, tout près de la tenture de velours qui a été arrachée par la foule, Ammal se dresse sur la pointe des pieds pour essayer d'apercevoir Samya.

Hussein est entré le premier, et il a tout vu malgré ses yeux malades. Les cris des autres se croisent comme des bâtons que l'on cogne. Rachida parle très haut. Barsoum sent une chaleur lui monter dans les bras : « Qu'on la jette hors de son fauteuil, qu'on la tue ! » crie-t-il. Les femmes se donnent des coups du plat de la main sur la poitrine et poussent ce même hululement de chat-huant. Om el Kher, le poing à moitié enfoncé dans la bouche, retient ses larmes, voudrait oublier, ne pas regarder Samya, ne pas regarder l'homme mort.

Peut-être qu'on tuera la femme là, sur

place ? Farid s'approche, la peau de son visage jaune et tendue : « On te piétinera ! » hurle-t-il. De grosses gouttes de sueur glissent le long de ses tempes.

Mais Samya est loin. Elle ne semble même pas respirer. Seule sa façon de se tenir, le buste droit, les mains sur les bras du fauteuil et les coudes légèrement surélevés, comme si elle était sur le point de se dresser sur ses jambes, laisse supposer qu'elle est encore en vie. Ammal l'aperçoit, mais seulement de profil. Elle la regarde de tous ses yeux.

« Tu seras sauvée, Ammal ! » Ce visage mort avait-il dit cela ? Il est si blanc maintenant, le visage de Samya, on dirait de la pierre. Ammal entend ses paroles muettes. Ammal sent tellement de choses qu'elle pourrait tout crier à la fois. Mais quels mots emploierait-elle ?

Rachida, elle, trouve tous ses mots. Au long des jours qui viennent, elle dira tout ! Quand elle parle, ses sourcils se rejoignent et deux sillons de chaque côté de sa lèvre inférieure tirent sa bouche vers le bas. Sa voix grince, on dirait le bruit d'une lime sur du bronze. On fait cercle autour de Rachida, on crie avec elle.

Mais, l'arrivée soudaine du Maamour[1] fait

1. Chef de la police.

taire les voix et la foule s'écarte. Puis c'est le pas lourd des policiers sur les marches. Ils montent chercher la femme pour la prendre, et la mettre dans la voiture cellulaire qui attend dans la ruelle. Le Maamour veut qu'on fasse vite ; il veut être chez lui pour le repas du soir. Il y a près d'un mois il a épousé Fatma, une fille de quatorze ans, belle comme un fruit.

Fatma !... Le Maamour la voit comme si elle était là, assise, les mains sur les cuisses, dans la robe verte qu'il lui a choisie. Quand il entre, elle se lève pour lui céder l'unique fauteuil.

Le Maamour a fait chasser la foule hors de la chambre. Il ne reste que les quatre hommes qui porteront le fauteuil. Ils se baissent, ils la soulèvent, et la femme ne bouge pas. Elle semble si étrangère à tout cela que le Maamour n'a même pas songé à lui poser de questions.

Les porteurs traversent le vestibule. Un instant Ammal est tentée de crier : « Je suis là ! » mais Samya n'entendrait pas. Et si elle se jetait contre la foule, toute seule, pour la lui arracher ? Que ferait-elle ensuite de cette Samya de pierre ?

Les quatre hommes descendent péniblement les marches. Un des policiers les précède ; à chaque pas, il se retourne pour dire : « Plus à droite », ou : « Plus à gauche ».

Personne sur les escaliers, excepté Fakhia, le visage troué de variole. Le menton sur la rampe, elle épie avec son œil de chouette. « On descend la meurtrière ! » crie-t-elle. Tous se précipitent alors pour escalader les marches en secouant leurs poings. Les policiers menacent de leurs bâtons.

« Jetez-la, qu'on la piétine ! » hurle la foule.

La femme n'entend rien, elle ne voit rien non plus. Même pas l'aveugle qui parvient, malgré les remous, à se maintenir à sa place ; la tête si haute que son turban blanc domine.

« Jetez-la par terre, le démon est en elle ! »

La main de l'aveugle se crispe. Il sent la terre qui cède sous son bâton. Il frappe de plus en plus fort. Il imprime sa silencieuse colère dans le sol pour qu'elle ne le quitte plus.

***

Dans le vestibule, il n'y a plus qu'Ammal.

Il faut partir d'ici. Avec des êtres qui naissent de vos doigts, plus semblables aux vivants qu'eux-mêmes ne le seront jamais, on n'est pas seule. Il faut partir. Loin de ce qui étouffe et de cette pourriture que devient la peur.

Ammal va jusqu'aux marches, et elle les regarde.

Elle remonte sa robe un peu au-dessus des genoux et la tient dans chaque main.

Elle attend encore, pour recueillir tout son souffle. Puis elle se met à courir.

Ammal court.

« C'est Ammal, elle court ! crie Fakhia.

— Elle a pris peur ! »

A ce cri, l'aveugle a cessé de creuser le sol.

« Elle court, Ammal ! »

Le dos au mur, l'aveugle respire en paix.

Comme elle court, Ammal ! Comme elle court !